U0075750

貓與老鼠從來都是相愛相殺的關係 3

作者 黑蛋白　插畫 嵐星人

CONTENTS

第三案 Limbus（上）

第三案　Limbus（上）

第一章　那對被紀錄在教科書上的父母

最近的生活過得有點太過忙碌。

首先，卜東延的案子結案報告還沒寫完，何思最後一天上班的日子就到來了。

重案組倒是沒特別歡送何思，組員心裡都有點惆悵。畢竟大家共事久了，彼此都很熟悉，乍然間有個人要離開了，難免會覺得感傷，並不是太想大張旗鼓地說再見。再說了，一個月前左右大家才剛送何思新婚賀禮，心意也算很足夠了。

於是，最後一天上班，何思過得跟往常的每一天沒什麼不同，他的桌子已經整理好了，剩下一些雜物要再進行分類處理，馮艾保藉口自己失去搭檔太傷心，堂而皇之地請了一天假養傷，可以說非常冷血無情了。

反倒是蘇小雅這個實習生陪著何思度過最後一天，何思也不確定自己到底出於什麼樣的心情跟想法，帶著蘇小雅參觀了一圈中央警察署，帶他認識了自己其他部門的幾個老朋友，告訴他一些馮艾保經常躲起來抽菸或搞些小動作的地方，最後帶著蘇小雅去了重案組最常使用的那個審訊室。

「小雅，你坐。」兩人坐在監控室內，審訊室剛剛使用完畢，清潔阿姨正在整理裡面的環境。

前一個使用者同為重案組的同事，不是個特別難搞的案子，但犯人卻很讓人頭痛。一個年紀不小、禿頭的中年男人，瘦瘦乾乾的，外表看起來怯懦畏縮、其貌不揚，反應還比平常人都慢上三拍。

但偏偏這樣的一個普通人，卻連續殺了三個人，還都是年輕力壯的男性哨兵，受害者的照片一排開，不知道的還以為是廣告公司選秀現場，每個人都長得極為帥氣，都有著健康的古銅色肌膚，穿著襯衫也好T恤也好，飽含力量且結實但不過分虯結的肌肉，透過薄薄的衣料只能用賀爾蒙四濺來形容。

三個哨兵都是在性愛中因為過度興奮死亡，用通俗點或粗俗點的說法，就是所謂的馬上風。

當然，馬上風也就是性猝死並不是因為性交死亡的，通常是性交時過於激動興奮而造成心臟超過負荷或是腦溢血，有些狀況是死者本身就有心臟方面的疾病，因為性交時心跳過快導致心律異常而停止跳動。

但上述三個可能性，心臟病這個問題一開始驗屍的時候就排除了，前兩個可能性也基於哨兵生理的優越性，照樣被排除。那就只剩一種可能，他們被人下了藥，因為藥物導致了死亡結果。

說案子不難搞，是因為驗屍結果一出來，三個人的死亡原因就很明朗了，只需要去找到跟他們性交的對象就行。這也不難，經過排查，可以知道三個人都是首都圈首屈一指的俱樂部中的常客，這個俱樂部也不是什麼亂七八糟，有不合法性交易的地方，就是很單純讓人喝酒玩樂的場所，至於會不會有人看對眼彼此約出去狂歡一夜，俱樂部當然不負責了。

三個哨兵都是俱樂部裡的紅人，畢竟身分跟外貌擺在那裡，差不多可以說是睡遍首都圈，不少普通人男女都以跟他們上床為榮。三個人平日裡王不見王，幾乎不會同時出現在俱樂部裡，但一定會想辦法睡到另外兩個人睡過的人，暗暗地較著勁。

他們的死亡各自差了三天，死前都曾從俱樂部裡帶走一個長髮披肩，身材嬌小纖細的女子。

接下來只要找到這個女性就行了……問題就出現在這裡了，負責的刑警耗費了大量時間人力，才終於找到這個……禿頭男子。

案子真的不複雜，就是凶手是個有女裝癖的人，才增加他們辦案的困難度。

剛剛審問凶手的時候，那個殺了三個人的男人哭到暈厥，還整整四次，搞得刑警都沒脾氣了，最後一次哭暈後，負責的嚮導甚至沒幫他叫醫療幫助，就冷冷地看著男人表演，反正精神力可以暫時當生命監控器使用，人沒出大事還會自己醒就好。

一場審問漫長地攻防了十四小時，包括凶手昏死醒來又昏死又醒來，最後還大小便失禁，搞得審訊室一片狼藉，負責嚮導靠精神力封閉嗅覺，讓凶手自食其果，看誰能在充滿排泄物臭味的空間裡待更久。

事實證明，有嗅覺的人最終還是敗下陣，即使那些惡臭的製造者是自己。

交代了殺人過程與動機後，半小時前凶手哭哭啼啼、一身惡臭又狼狽地被押去沖澡，明天就要移送地檢署了。

而清潔阿姨差不多要整理完審訊室了，現在正在擦拭雙面鏡。似乎感覺到對面有人，還伸手敲了敲打招呼。

何思也敲了兩下當回應。

「這位是我們局裡的老員工了，別看她是清潔阿姨，但也是個嚮導，當初因傷從第一線退下後，不想在家養老，乾脆回來應徵清潔人員。你以後見到了，記得叫一聲英阿姨好。」

蘇小雅乖乖點頭答應，併攏著雙腿坐在自己待過幾次的椅子上，看著似乎有心事的何思，沒有問他為什麼要跟自己講這個案子。

「小雅。」過了一陣子，何思才又開口叫了蘇小雅的名字。

「阿思哥哥，你有什麼話都可以說。」蘇小雅乖順地回應。

年長的嚮導把目光挪到小嚮導身上，既擔心又無奈，最終化為一聲嘆息。

「你還不知道吧，我收到消息，卜東延的父母意外過世了，就在前天晚上，因為一氧化碳中毒。從現場找到的資訊及線索還原當時的情形，大概是昨晚兩個老人忘記自己正在燒水，水燒滾後溢出來澆熄了爐火。他家的火爐是老式的，沒有現在的安全裝置，導致了瓦斯外洩。他們年紀大了，嗅覺退化沒有注意到瓦斯味，於是就一氧化碳中毒死亡了。」何思的陳述很中立，沒有帶著任何情緒色彩在裡面，比剛剛訴說那起三個哨兵性猝死的案子還要沒感情。

「怎麼會！真的是意外嗎？」蘇小雅不可置信。

「是意外。現場沒有外人入侵的痕跡，他們的死亡沒有任何可疑的地方。現在，因為遺產問題卜東延的兄弟姊妹都沒心思再去打擾秦夏笙的父母與孩子，他們也算是回歸平常的生活了。」何思的淡然令蘇小雅渾身不對勁，小臉下意識地皺起來，似乎不能理解為什麼何思會這麼平靜地接受這個結果。

小嚮導試圖用精神力觸手探查何思的情緒，但他把蘇小雅溫柔地擋在外面，意思很明確，這是要蘇小雅減少對精神力觸手探查他人情緒的依賴。

可能是秦夏笙的狀況讓何思有了危機感，他發現蘇小雅能力雖強，卻過度依賴精神力，也因為年紀小特別容易共情。這是優點也是缺點，展現在前後兩個案子上的結果就是，面對安德魯．桑格斯時，蘇小雅冷酷、理性，他可以從馮艾保的提示中發現審訊可以利用的突破口，藉由放鬆舒緩安德魯的情緒，讓對方暴露出自己的弱點，引導對方用精神體攻擊自己後，順理成章以精神體反擊。

與多數嚮導非猛獸猛禽類的精神體不同，蘇小雅的精神體是一隻貓。別看貓慵懶散漫，普遍的印象都是無威脅性的寵物，但實際上貓是自然界中很凶猛的獵食者，即便到了現在這個時代，貓的野性也未完全被馴化，就算是家貓都還有部分狩獵本能。

這是安德魯的大意，也是蘇小雅的優勢，他使用得淋漓盡致，就連重案組組長岳景楨在看了審訊紀錄影像時，都由衷發出讚美。

但當蘇小雅遇上秦夏笙後，狀況就一百八十度大反轉了。他同情秦夏笙，不單單是因為被輻射了情感，更多的其實是他更能理解秦夏笙的處境，以及最後做出的選擇。

因為藉由精神力觸手，他確確實實體會到了秦夏笙的悔恨與被丈夫背叛的痛不欲生，甚至直到何思審訊完秦夏笙，都還能感覺到蘇小雅對這個看似有很多不得已的女性的強烈共情。

這很危險，太危險了。這代表蘇小雅很可能被他人的人格、生活經歷、甚至蘇小雅自己的道德判斷帶著跑，無法用最公正的第三方角度去偵辦一個案子。儘管何思知道，有馮艾保在，蘇小雅會慢慢學會如何中立起來，理性面對每個案子與犯人，但自己畢竟無法在一旁協助了，他無論如何就是放不下心。

就好比剛剛那三個哨兵死亡的案例，凶手犯案動機的原因是童年時遭受到哨兵父親長期的性虐待，扭曲的關係直到凶手成年，他的哨兵父親因為急性酒精中毒過世才終於解脫。

原本，凶手可以尋求心理醫療的幫助，讓自己慢慢找回正常的生活，但他沒有選擇那麼做。也許是天生性格，也許是被哨兵父親長期虐待後心理早已不正常了，總之凶手開始輾轉流連於不同的哨兵情人身邊，每一次都是與他的父親同一類型的人，高大、英俊、人面獸心，而且熱衷於把他打扮成女人。

最後一任情人是七年前交往的，凶手在那次戀情中得到的除了跟過往一樣的傷害外，還多了二十八道刀傷、顱骨骨折，必須在醫院休養三個月的分手禮物。

從審訊紀錄看，凶手自白道：『我後來真的怕了，我想我應該要去看醫生才對，我不能再繼續找尋我爸的身影了……這是醫生跟我講的，我覺得他說得很對。我爸已經死了，比起後來這些人，他至少是真正愛著我的，不像其他人只想傷害我。我本來以為自己受夠了，一個人安安靜靜過日子，哪天也會一個人安安靜靜地死掉，好像也不錯。可是……可是啊……』

也許是命運的玩笑或什麼，凶手甚至都不明白自己那天為什麼要穿著女裝去俱樂部喝酒，他都好久沒穿女裝了。換上女裝後，他覺得自己成為另一個人，可以放下自己的怯懦與悲慘，當一個受人追捧的美麗女性。

第一起案子真的只是意外，然而當哨兵死在自己肚皮上的時候，他突然有一種無法言述的滿足感，彷彿他這輩子的苦難都是為了這一遭。

可惜，愉悅與滿足沒能持續太久，於是有了第二、第三案的發生。

何思真的不願意也不敢想，如果這個案子被蘇小雅碰上，會發生什麼事情？很顯然，蘇小雅會同情凶手，當然不至於到妨礙偵查或者放跑凶手這麼離譜，可是在遇上凶手的胡攪蠻纏時，他可能完全沒有辦法處理。這種時候，難道還要特別借調其他轄導來協助審訊嗎？

「小雅，你真的要成為刑警，成為馮艾保的搭檔嗎？」何思終於還是開口了。「你真的有辦法應付這些人性嗎？你控制得住你自己嗎？」

一連幾個問題，蘇小雅被問得小嘴微張，一時間反應不過來。

「你要知道，其實刑警的工作經常會遇到讓人難受的案子，我們必須去接觸人性最黑暗最扭曲的那一面，甚至你會發現最無辜的有時候不是受害人。但即使如此，你也不能忘記，人的生命是平等的，誰都沒有資格去剝奪另一個人的生命。」何思用力嘆了口氣。「你，真的準備好了嗎？」

他真的不得不問，因為他看到了組長桌上放著蘇小雅的入職申請書。偏偏今天是他最後一天上班，等他兩小時後離開中央警察署，就再也無法幫到蘇小雅什麼了。

何思暗暗後悔，自己是不是太早遞交離職申請了？

蘇小雅皺著臉，卻沒有回答何思的問題，垂著小腦袋瓜不知道在思考什麼。

監控室裡的氣氛沉悶得讓人喘不過氣，何思與蘇小雅的精神力觸手都奄奄一息地縮在精神圖景裡。

「叩叩叩。」門被敲響的聲音打破了令人壓抑的氣氛，何思與蘇小雅同時看過去，門被打開了，露出馮艾保那張俊美帶笑的臉。

「兩位，有沒有空賞臉吃個飯啊？當作餞別，也是迎新呀～～」馮艾保特別對蘇小雅眨了下左眼，黝黑的眼眸中彷彿帶著光。

看來今天偷懶了一天，讓他整個人容光煥發。

「阿思哥哥。」蘇小雅突然有了一種說不上來的情緒，他深吸一口氣看向何思。「雛鳥總是要離巢的，對吧？」

有再多不安再多猜測那都是依照「現在的蘇小雅」做出的判斷。但他現在才十八歲呢！未來可塑性還很高。

何思一愣，接著苦笑著搖搖頭：「好吧，那你以後加油了。不要排斥跟馮艾保學習，他會是個很好的老師。」

蘇小雅立刻皺起一張臉，所幸忍住了差點脫口而出的抗拒與不以為然。

未來的考驗，看來還是很多的。

不過入職考核倒是比蘇小雅預想得還要順利許多，經過幾場測驗後，大約在何思離職後三週左右的時間，他正式成為了中央警察署重案組的一員，也同時成為了馮艾保的搭檔。

當然，這是破格提拔的結果，畢竟馮艾保這種高階哨兵身邊不能沒有嚮導，而一個能與他搭配的S級嚮導可遇不可求，加上有何思及重案組組長的推薦函，這個結果可以說是水到渠成。

至於蘇小雅祕密接受了馮艾保的邀請，與他去測試了彼此的匹配度這件事，目前還沒有其他人知道。蘇小雅本來也不想隱瞞自家大人的，但不知道為什麼，總覺得要是說出來恐怕會引起大騷動，加上他也不覺得自己跟馮艾保的匹配度能多高，畢竟他這麼討厭馮艾保。

說出這件事，只會引起不必要的關心跟騷動，完全沒必要。

哨兵嚮導研究院那邊的匹配度檢測報告結果要等兩個月到半年才會出來，於是蘇小雅很快就把這件事忘掉了。

何思留下來的辦公桌很理所當然由蘇小雅接手，他花了兩三天的時間整理好自己的桌子，雖然小嚮導的表情很少，但從他把辦公桌裝飾得舒適清爽的舉動，可以看出他心情非常好。

他甚至還在桌面上放了一盆貓薄荷跟兩三盆多肉植物，一早來辦公室的第一件事就是替這幾個小盆景澆水。

大概是新人運氣好之類的玄學，不知不覺蘇小雅已經入職兩個月，這兩個月倒是都沒遇上什麼難處理的案子，反而跑去支援了幾次別的小組，跟其他同事熟悉了不少。

另外，雖然蘇小雅很不願意承認，但他跟馮艾保的交集變多了之後，倒也沒有先前那麼討厭這個哨兵了。

偶爾，真的是偶爾，他發現馮艾保有些情緒低落的時候，還會把紺放出來借他擼兩把，畢竟科學證明，毛茸茸的動物可以安撫人的情緒，雖然紺不是真正的貓咪，但確實是毛茸茸的沒錯。

今天，馮艾保比平常要晚了將近三小時才進辦公室，岳景楨找了幾次人都沒找到，似乎有些擔心，蘇小雅看他打了幾次電話，自己也忍不住偷偷跑去何思當初說馮艾保喜歡躲的地方巡了一輪，同樣沒看到人。

正想著是不是打電話問問何思是否聯絡得上馮艾保時，就看見那人戴著能遮住半張臉的墨鏡晃晃悠悠走進辦公室。

「早啊。」他一見到蘇小雅就抬手打了個招呼，整個人如同往常那樣懶洋洋的，但又似乎有哪裡跟平常不太一樣。

「馮艾保。」蘇小雅來不及詢問他狀況，岳景楨先開口：「你跟我過來。」

「喔。」馮艾保拉下墨鏡，漂亮的桃花眼有點泛紅，朝蘇小雅睨了眼，似乎在詢問他岳景楨是不是生氣了？

蘇小雅聳聳肩，他不覺得組長是在生氣，而是莫名的非常擔心，搞得蘇小雅現在也很緊張。

「快過來。」岳景楨看馮艾保還散漫地在跟蘇小雅眼神交流，語氣立刻加重幾分。

「來了來了，老大別生氣嘛！」馮艾保還是吊兒郎當的似乎什麼都不在意，速度也沒加快還是那樣晃蕩晃蕩的，經過蘇小雅身邊時不忘塞了一個紙袋過去，用嘴形道：「雙胞胎，趁熱吃，爆漿的。」

紙袋進手，溫溫燙燙的，裡面的東西肯定是剛出鍋沒多久。

蘇小雅愣了愣，轉頭看馮艾保已經跟在岳景楨身後進了對方的辦公室，門被關上後，百葉窗也放下來，完全看不到裡面的狀況了。

打開紙袋後，炸過的麵食香氣撲面而來，還帶了點巧克力、奶油之類的甜香。

裡頭是胖嘟嘟的雙胞胎，蘇小雅回想起昨天跟馮艾保去支援同事的逮捕行動，結束後兩人經過一個攤子，賣的都是些炸甜甜圈、雙胞胎、麻花捲之類的麵點小吃，蘇小雅忍不住抽著鼻子聞了聞。

「怎麼了？要不要停下來買點回去當點心？」馮艾保當然注意到了，很貼心地詢問。

「不用，快要吃晚飯了。」蘇小雅看了下時間，忍痛拒絕。哥哥說過今天晚上有八寶鴨，他胃口不是特別大，萬一吃了點心後吃不下晚餐怎麼辦？「你晚上有沒有空？哥哥說方便的話要不要來我家吃飯？有八寶鴨喔！」

蘇小雅自己都沒發現，他已經很習慣一日三餐都跟馮艾保一起吃了，家裡的晚餐桌上也經常會多一個人。

「聽起來很棒。」馮艾保看起來很心動，但他話鋒一轉。「可惜我今天不方便，只能拒絕了。八寶鴨呢！聽起來就很好吃。」

「是真的很好吃！我哥的八寶鴨外酥內軟，糯米飯也是滑膩柔軟，又有一定的Q彈嚼勁，真的超級好吃！你不吃很虧！」蘇小雅一聽馮艾保拒絕，眉頭就皺起來，歪著頭極力推銷。「你今天晚上有什麼事情？八寶鴨不當天吃就不好吃了，糯米飯再蒸過會太軟。」

「我知道我虧大了，可是我今天真的沒辦法。」馮艾保吞了吞口水，他很清楚蘇經綸的手藝有多好，加上小嚮導不遺餘力地宣傳，他確實是非常心動的。「但今晚我有相親，前幾次我都推掉了，這次再不去會出事，我爸媽不可能繼續容忍我，所以我必須要出席。」

聽他這個解釋，蘇小雅心情沒有變好，反而更差了。眉頭更是皺得九彎十八拐，嘴巴也噘起來，悶悶道：「你爸媽幹嘛一定要你相親？覺得你太老了嗎？」

「可能吧，畢竟有人一直叫我大叔。」馮艾保抽空笑睨了眼心情明顯不美麗的小嚮導，逗弄道。

「你對我來說是大叔，可是你不算老吧……」蘇小雅咕噥，他就是喜歡叫馮艾保大叔，兩人差了十一歲，也不算言過其實吧？

馮艾保哈哈笑了，趁著等紅綠燈的時機，伸手在蘇小雅鼻尖上刮了下。「謝謝你承認我不算老，每天聽你叫我大叔，我都懷疑今年我不是二十九，而是四十九了。」

「唉唷！很煩！不要刮我鼻子！」蘇小雅不爽地搖頭甩開馮艾保粗糙的手指，哨兵體溫很高，觸碰到的時候像一簇火苗，蘇小雅總忍不住微微臉紅，他討厭這樣。

「好好，小眉頭別生氣啦！」馮艾保笑吟吟哄著，像是哄小朋友一樣，讓蘇小雅更不爽了。

「你要是不老把我當未成年的小朋友，我也可以少叫你幾聲大叔。」

「這可不行，你對我來說太小了，畢竟差了十一歲呢。」

所謂的「以子之矛攻子之盾」大概就是這種狀況，馮艾保玩文字遊戲上的功力蘇小雅只能甘拜下風，用力瞪他幾眼聊表不爽而已。

回想起昨天的事情，再看看手中冒著熱氣的雙胞胎，蘇小雅嘴邊控制不住露出一抹淺淺的笑。

雖然快到午餐時間了，他今天也帶了哥哥的愛心便當，裡面有昨天沒吃完的八寶鴨，他不介意吃剩菜，雖然八寶鴨蒸過後味道有點混雜，口感也不如新鮮的，但還是很好吃的，他想著可以分馮艾保一點嘗嘗味道。

但馮艾保也說了，雙胞胎要趁熱吃，更何況還是爆漿的，冷掉就太可惜了，反正他現在也沒別的事情……蘇小雅偷偷地抬頭看了一圈辦公室，這個時間點大家都有自己的工作，辦公室裡除了他，只有一個文書職員，對方是個普通人，很專注在文件的整理上，絲毫沒有分心關注其他人事物的意思。

剛好，他也想泡杯茶來喝，順便吃個點心不為過。

拿出自己準備的茶包，蘇小雅是屬於比起咖啡更喜歡茶的那種人，所以儘管辦公室的茶水間裡有咖啡機跟茶包，但他很少使用，他喜歡喝自己挑選過的茶。

綠茶還是紅茶好？烏龍茶也不錯……蘇小雅的手在自己的茶盒上徘徊，他最近剛買了梔子花烏龍，香氣淺淡卻持久，入口溫潤且回甘，配點心很不錯，但巧克力味道太重，會搶掉茶的香氣……還是伯爵茶好了！

愉快地決定好配雙胞胎的茶，蘇小雅還翻出了小碟子把雙胞胎放上去，儀式感可以說非常足夠了，伯爵茶與雙胞胎的香氣混合在一起，重案組的辦公室瞬間有點街口咖啡廳的感覺。

文書職員再怎麼專注於工作，也不是沒嗅覺的人，終於還是被香味吸引了，茫然從文件海中抬起頭，搜尋了下誰這麼凶殘在辦公室裡吃東西。

他一抬頭，就看到小嚮導一臉滿足咬下雙胞胎的一幕，炸麵食的香氣裡瞬間染上巧克力的甜膩濃香，看起來料包得很足，蘇小雅慌忙用手墊在自己下巴上，流出的巧克力醬沾上了手指與手掌，幾秒的時間小青年變得像隻小花貓。

看起來好好吃啊……文書職員嚥了口唾液，看了眼時間，還有半小時才到午餐時間，怎麼有人這麼殘忍？

蘇小雅畢竟是嚮導，對旁人的情緒波動很敏感，立刻補抓到文書職員幽怨的情緒，他尷尬地縮起肩，慌慌張張把剩下半個雙胞胎塞進嘴裡，但手上的巧克力醬暫時無法處理，眨著一雙大眼羞澀又無辜地看著對方，無言詢問要不要也來一個？

文書職員來不及回應，岳景楨的辦公室門就打開了，馮艾保走出來，看到蘇小雅鼓鼓的臉頰，噗嗤笑出來。「你是不是跟我家老鼠學壞了？」說著走過去，看見小嚮導皺眉瞪自己，舉著被巧克力醬弄髒的雙手，一副不知所措的模樣，低聲笑得更暢快了。

笑什麼笑！還不快幫我！

蘇小雅氣鼓鼓地把手往上抬了抬，剛剛被文書職員抓到偷吃點心的尷尬，在見到馮艾保後有了宣洩的出口，很理所當然地向對方尋求幫助。

「好吃嗎？」馮艾保自然看懂了小嚮導的意思，也沒多逗弄對方，他知道蘇小雅抽屜裡有濕紙巾，便打開抽屜抽了幾張出來，仔細擦拭兩隻白嫩嫩的手掌。

「嗯。」雙胞胎不是很好吞嚥的食物，一口塞的結果就是蘇小雅現在完全喪失說話的能力，只能努力咀嚼著點頭回應。

「我不知道你喜歡哪種品項，但我看到有爆漿巧克力口味，猜測你應該會喜歡，所以就買了。」馮艾保低著頭一根一根擦拭著蘇小雅手指上殘留的巧克力醬，隨口解釋。

「嗯嗯。」我是很喜歡沒錯。

「如果喜歡，下次再試試別的口味？我今天發現他還有包優格醬的麻花捲麵包。」馮艾保又問。

「唔嗯嗯。」我不喜歡優格醬，卡士達醬倒是可以考慮。

馮艾保抬頭看了蘇小雅一眼，一雙漂亮的桃花眼笑得彎彎的。「他們攤子上倒是沒有卡式達醬的產品，不然請你哥哥做？」

「嗯哼。」也不是不行，我哥超棒的。

「對了，你後天晚上有空嗎？」總算把兩隻手都擦乾淨了，馮艾保滿意地跟小嚮導擊了個掌，然後被白了一眼。

「嗯攸……」嘴裡的雙胞胎吞得差不多，蘇小雅總算能口齒不清地回應幾個單字。

「那方不方便去我家作客？我爸媽想邀請你去吃個飯，說是要認識認識我的新搭檔。」

蘇小雅眨眨眼，歪頭疑惑地看著馮艾保。他注意到馮艾保在提到自己父母的時候，情緒波動突然消失，彷彿眼前沒人存在似的。

「對，我不太喜歡跟我父母見面。」馮艾保拉過自己的椅子，在蘇小雅對面坐下，表情難得不是帶笑的，而隱隱透露出一抹厭煩。「但是沒辦法，他們提出的理由沒什麼可疑的，之前他們也約何思去家裡吃過一次飯。」

「我是不太排斥啦，你也都去我家吃過飯了。」而且還常去，蘇小雅倒是不覺得這有什麼問題。

但，他突然回想起先前與羅素中將見過的那一次面，馮艾保的態度確實非常異常。

「你希望我去嗎？」他也不知道自己為什麼要這麼問。

馮艾保顯然也沒預料他會這麼問，訝異地看著他，過了會兒突然笑出來。

「來吧，不管我父母究竟如何，起碼他們端出來的食物還有吃吃看的價值。後天七點半，我開車帶你。」

蘇小雅點點頭，只當作是一個普通的餐聚。

☼ ☼ ☼

聽到蘇小雅要去馮家吃飯，何思整個人如臨大敵，焦慮地在客廳裡繞著圈圈走來走去。

「阿思哥哥？」蘇小雅貼心地遞上一杯甜膩的奶茶，希望可以舒緩年長嚮導的情緒。

何思複雜地看了他一眼，又看了看冒著肉桂香氣的奶茶，半晌後才接過溫熱的杯子直接灌了半杯。

他長長吁口氣，把身體拋進沙發裡，抹了下臉問小嚮導：「你知道馮艾保的父母是誰嗎？」

蘇小雅搖搖頭，他本來就不覺得這是什麼嚴肅的大事件，不過就是跟搭檔的家人吃個晚餐而已，馮艾保不也經常在他家餐桌出現嗎？但何思既然會這麼問，可見馮艾保的父母是不得了的大人物。

何思幾乎是憐愛，可能還有些憐憫地看著家裡單純的小朋友，在手腕上的微型電腦操作一通，很快在牆上投射出一對中年男女的照片。

兩人大約都是四十多歲年紀，相貌都極為出眾。

男子的五官有種混血兒的立體與凌厲，但氣質卻非常柔和斯文，宛如一泓溫泉水，即便只是看著他的照片，也令人心曠神怡。

女子則是純粹東方長相，一雙丹鳳眼襯托得她本就英氣的相貌更加如同一柄沒上刀鞘的刀，凜然的氣質透過照片都幾乎能割傷人般。

男子名叫保澄，女子名叫馮靜初，蘇小雅一看到他們的照片，下意識啊了一聲。

這兩張臉他可太熟悉了，不就是課本裡出現過的人物嗎？幾個月前他和馮艾保去研究室測試匹配度時，也在牆上看過這兩張照片呢！

「他們就是……馮艾保的父母？」蘇小雅啞然地問。

「對，就是他們。」何思語氣苦澀。

說起馮靜初與保澄，那真是近五十年來這一代人共同的記憶不誇張。首先，兩人是從未出現過的雙S級哨兵嚮導，並在任務中碰上彼此成為伴侶。在他們之後雖然也曾出現過個位數的雙S哨兵或嚮導，但伴隨高等級而來的就是難以控制的力量，幾乎沒無人能如同他們兩位一般，很好地控制並使用自己的能力，紀錄在冊的七個雙S哨兵跟五個雙S嚮導，過半英年早逝，餘下的人現在待在醫院裡因為精神圖景崩潰而成為廢人。

既然是如此有能力的人，國家自然不會放過，早早延攬進政府機構裡，貢獻自己的力量保家衛國。

可以說，這對夫妻不只對哨兵嚮導，在普通人心裡也是極受崇敬的存在。再加上兩人美滿的婚姻生活，可以說，且不論到底真實度有多少，他們確實營造出了哨兵嚮導強大且令人信賴的形象。

驚訝過後，蘇小雅很快恢復平靜，反倒是何思的態度令他疑惑。「阿思哥哥，就算馮艾保的父母是馮靜初跟保澄，那也沒什麼吧？我很尊敬他們，不會做出什麼失禮的事情的。」

「不不，我倒不擔心你做出什麼失禮的事情，我擔心的是……」何思攴攴吾吾的似乎很難以啟齒，但看著自家小嚮導澄澈單純的雙眸，屬於家裡大人的責任感還是讓他咬牙開口：「我簡單說吧，雖然他們沒到SG那麼極端，但也是哨兵嚮導應該結合觀念的堅強擁護者。低階哨兵嚮導姑且不論，高階哨兵嚮導在他們的觀念裡，必須要找契合的對象結合。」

「啊？」蘇小雅一愣。

「有句話不是這樣說嗎？有牌的流氓更難纏。大概可以放在這兩位身上也不為過。他們致力於締結高階哨兵嚮導間的結合，曾經想推動強制哨兵嚮導留存基因，由研究所主動測試匹配度，將哨兵嚮導的結合上升到國家法律掌控，必須強制所有高階哨兵嚮導結合的相關法案。」

「這不是違反基本人權嗎？」蘇小雅倒抽一口氣，突然理解為什麼馮艾保提到自己父母的時候，會露出難得一見的厭煩神情。

「對，所幸最後這條草案沒有通過，剛上公眾平台就被九成反對票下架了。」何思揉了揉胸口似乎鬆了口氣，但神情依然很焦慮。「可是，儘管法條沒過，並不代表他們就會放棄推動這件事，頂多就是從國家層面強制執行，變成民間力量推行，意圖塑造一個概念，創造出一種共識……老實說，我都懷疑ＳＧ是從他們那邊分裂出來的極端分子建立的。」

蘇小雅頭一次知道什麼叫做無言以對，什麼叫做偶像的幻滅。

「難道沒有法條可以干涉他們這麼做嗎？」

「沒有，他們也沒做什麼傷天害理的事情，只是積極幫哨兵嚮導介紹相親對象，有點婚仲所的意思，跟其他婚仲所做的事情也沒什麼不同，頂多就是會員基因特別純化，沒有普通人罷了。」何思聳肩，接著語重心長道：「可以的話，我是希望你能拒絕這個晚餐邀約，我有不好的預感。」

蘇小雅卻沒有立即回應，他回想起馮艾保的神態，哨兵最近似乎很疲倦，前天還拒絕了到他家吃飯，說是必須得去相親，也不知道相親結果如何了……

「小雅？」察覺小嚮導陷入自己的思緒裡，何思不安地叫了幾聲。

「阿思哥哥，我還是去赴約好了。」蘇小雅其實不清楚自己為什麼要下這個決定，他只是覺得馮艾保肯定也是萬不得已才提出邀約，畢竟當初面對羅素中將的時候，馮艾保太極拳打得多溜，完全沒打算與家人多接觸。

可這次，他卻要自己回家吃飯……

「我想，馮艾保應該不會讓他父母對我亂來，就算他們熱衷於幫人找結合伴侶，可是我才十八歲呢！完全不急。」

何思的表情只能用一言難盡形容，那是一種眼睜睜看著親人被愛沖昏頭並且還打算硬闖龍潭虎穴，自己卻無能為力的絕望。

他現在也只能相信馮艾保能護住蘇小雅了。

然而無論何思再如何擔心，蘇小雅與馮艾保約定好的時間終究還是到了。

晚上七點半，馮艾保與蘇小雅直接從中央警察署離開，因為是家庭宴會，兩人都沒特別打扮，穿著一身舒適的休閒服赴約。

在蘇小雅拎著一個印有高級甜品店商標的紙袋上車時，馮艾保笑了。「這麼有禮貌啊？」

「是我自己想吃。」蘇小雅回答得很坦然，通常吃完晚餐後主人會留客人喝茶，這時候如果客人帶了點心來，禮節上主人家就會拆開來分享，順便讚美客人的好品味。

蘇小雅手上拎的這個甜品店是首都圈數一數二的高級店鋪，賣的是手工餅乾，做工精美且味道特別好，通常情況一百公克就要價八九百元，當然更貴的也有，不過蘇小雅已經吃不起了。

他這次買的是店裡倒數第二低價的禮盒，接下來的一個半月他都要跟消費行為說再見。

馮艾保見他像抱著什麼寶貝般將紙袋抱在胸前，忍不住好笑。「安全帶繫了嗎？一盒餅乾可充當不了安全氣囊。」

「繫好了。」蘇小雅稍微挪開紙袋，讓馮艾保看橫在自己身上的安全帶，小臉嚴肅。「放心，我不會為了一盒餅乾不守規矩的。」

馮艾保被逗得大笑了五分多鐘，把小嚮導笑得氣呼呼地鼓著臉頰，精神力觸手咻咻地在哨兵身上抽打了幾下，才勉強止住笑聲，抹著笑出的眼淚轉移話題。

「那我們上路啦！到我父母家只需要十五分鐘車程，他們剛傳訊息告訴我，晚餐已經準備好了，我們到了就可以直接開飯。」

「好。」蘇小雅恢復了面無表情，看起來似乎很平靜的樣子，但馮艾保卻能感覺到小嚮導精神力觸手正躁動不安地揮舞著。

「何思跟你說過我爸媽的事情了吧？」馮艾保用的雖然是問句，語氣卻非常篤定。

蘇小雅遲疑了下，僵硬地點點頭。「說了，阿思哥哥要我小心，說你爸媽現在恨不得把你放倒，直接送上一個嚮導跟你結合。」

馮艾保哈哈一笑，竟然沒否認。「他倒是很了解我父母的心態，確實，前天我去相親的時候就差點離不開飯店。」

「差點離不開飯店？」蘇小雅訝異得語尾都分岔了，他心裡莫名一團火氣往上衝，腦子嗡一聲。「他們對你做了什麼？是合法的嗎？他們憑什麼？」

「別氣別氣，他們也沒做什麼特別過分的事情，就是把我跟一個與我匹配度偏高，且從照片上就對我一見鍾情的嚮導關在飯店的房間裡，刻意引導我們產生結合熱。」馮艾保說得雲淡風輕，甚至還覺得有趣似的笑了幾聲。

蘇小雅卻聽得腦漿沸騰，紺喵嗚一聲竄出來，渾身絲絨般的藍毛都炸開了，毛躁的粗尾巴劈啪劈啪甩在車子的儀表板上，亮出尖銳的爪子對空揮了幾下後，發出嘶嘶的哈氣聲，半天都不肯停。

「我們不去吃飯了！我不想看到他們！」蘇小雅的小臉因為憤怒通紅，他緊緊抱著懷裡的高級餅乾，啐道：「我才不讓他們吃我的餅乾！我要帶回去跟我哥還有阿思哥哥分享！他們、他們……他們太討厭了！」

紺也適時哈了一長聲。

「我建議你忍一時風平浪靜，我爸媽是那種不達目的不會罷休的類型，什麼手段都會用上。我們去吃飯，被關一個晚上，沒事離開，以後他們就不會再煩我們了。」馮艾保安撫道。

「以前阿思哥哥也遇過一樣的事嗎？」蘇小雅噘著嘴，心裡五味雜陳，說不清楚到底該怎麼看待何思與馮艾保之間曾經發生事。

「差不多吧。」馮艾保回答得很籠統，蘇小雅直覺有些不對勁。但他沒繼續問，總覺得哨兵也不會認真回答自己。

「那好吧……」蘇小雅氣鼓鼓的，他把懷中的餅乾放到腳邊，對躁動的紺招招手。

鴛鴦眼的俄羅斯藍貓看了看自己的本體，又看了看專心開車的馮艾保，身上的毛依然炸著，最後跳進了蘇小雅懷裡，喵嗚喵嗚地抱怨個沒完。

儘管馮家父母算得上位高權重，但他們的住處並非什麼特別高級的住宅區，而是一個老舊的小住宅區，在高樓的包圍下圈處一方寧靜，環境算不上頂尖但也草木扶疏，多數都是獨棟平房，最高不超過三樓，稍微外圍一些的地方才有幾棟沒有電梯的老公寓。

馮家占地不小，有個寬敞的院子，馮艾保直接把車開進去，停在幾盆朱槿旁邊。

庭院中燈光柔黃，門前一條石板小徑直通到大門，蘇小雅把餅乾留在車上，提著另一個剛剛臨時在路上買的煎餅禮盒，價格只有原本禮物的十分之一，而且是馮艾保出的錢。

「小心，不要滑倒了。」馮艾保虛虛環著蘇小雅的腰，低聲提醒。

「嗯。」小嚮導點頭，專心看著腳下的石板，不敢隨便亂走。越靠近馮艾保家，他就越有種難以言述的焦慮，彷彿直覺正在提醒他，有什麼不太好的事情即將發生。

「我媽是雙S哨兵，等等進去我什麼悄悄話都不能跟你說，她能聽到。」眼看快來到屋子的綠色大門前，馮艾保突然停下腳步，彎身貼在蘇小雅左耳邊幾乎用氣音說著：「需要注意的事情我之前在車上都跟你說過了，我們會遇到一些不太友善的安排，我爸媽講話肯定也不太中聽，你別放在心上。既然是我邀請你來我家作客，你又是何思的弟弟，我一定會照顧好你，好嗎？」

屬於馮艾保的木質調氣息吹在耳上，燙得蘇小雅從耳朵直到心底都抖了抖，他下意識想推開男人，但最後總算壓抑住自己的衝動，小手在腰側抓了抓，乖巧地點頭應下，一句話都不敢回。

儘管馮艾保一路上都試圖表現出與過往相同的散漫閒適，但蘇小雅就是能感覺到他情緒漸漸緊繃起來，在進入這個看起來令人舒服的院子裡後，達到巔峰。

再聯想到何思表現出的焦慮，蘇小雅現在也不禁畏縮起來，暗暗後悔自己是不是根本不該答應這場鴻門宴？

「別擔心，熬過今晚，明天一切就沒事了。」馮艾保又輕聲安撫了句，寬大的手掌在小嚮導後腰上拍了拍。

大概是他們在門外講太久悄悄話，門裡的人等得不耐煩了，馮艾保來不及從蘇小雅耳邊離開，綠色的大門咿呀被打開來，兩道人影逆著光站在門邊，影子長長地映射在地面，一路延伸到兩人身上。

「爸，媽。」馮艾保一副沒事人的模樣直起身，虛攬的手臂也移開了，臉上掛著標準到讓蘇小雅不舒服的笑容。

「馮女士、保先生，謝謝兩位邀請我來貴府打擾。」蘇小雅也勉強自己露出笑臉，乖巧地打招呼。

門前兩人確實是馮靜初與保澄，兩人都非常好看，但比照片裡的年紀要大一些，特別是保澄，也許是刻意的，髮色已經泛白，卻不顯得憔悴或蒼老，反倒有種別樣的魅力，整體氣質就像馮艾保偶爾會不經意流露的性感，只是他更純粹、又更令人舒服。

馮靜初神態嚴厲銳利，連帶著她豔麗的容顏都宛如會扎人一般。

她淡淡地看了兒子一眼後，勾了下唇角。「到了怎麼不趕緊進來？在外邊做什麼？」

「跟小朋友說幾句話，免得他緊張。」馮艾保笑嘻嘻地回答，接著無比自然地再次攬上蘇小雅的腰。「走吧走吧，快進屋去，小雅的肚子都餓了吧？這個時間點你早就該吃飯了。」

現在時間接近八點，因為這段日子以來都沒有負責案子的關係，蘇小雅天天準時七點到家，他哥總會準備好一桌菜等著他開飯，可以說生活得非常規律。現在這個時間點，他確實有些餓了。

「你們不是六點半就下班了嗎？怎麼不約早一點的時間？」保澄開口問，他溫和如大提琴般的音色完全遺傳給了馮艾保，又不像馮艾保總愛用些刺激人的言詞，聽起來令人舒服到完全沒有任何排斥感。

即便是蘇小雅一開始就把警戒心拉滿，也不過一句話的時間，他就被卸防了五六成。

「總有些文書工作要收尾。」馮艾保低頭看了眼神態開始放鬆的小嚮導，在心裡嘆口氣。

保澄的等級太高能力太強，輕易就能攏絡住一個涉世未深的小朋友，卸下對方所有心防，蘇小雅看來還沒發現自己已經被老練的嚮導得手了，現在小臉微紅，看起來隱隱疑惑自己是不是太早把馮家父母當壞人看待了？

「快進來，你叫蘇小雅是吧？伯伯可以叫你小雅嗎？」保澄的能力也許對自己的兒子起不了作用，但他安撫起妻子來簡單的跟喝水一樣，更別提應付一個剛成年的小嚮導了。

「可以，伯伯好。」蘇小雅是個好孩子，先不說他是否被保澄的能力影響，但凡對方釋出的是善意，他下意識就會回以善意，乖乖地改了稱呼。「這是剛剛在路上買的小禮物，不是什麼很貴重的東西，希望你們喜歡吃。」說著，遞出了煎餅禮盒，這大概是他僅剩的倔強了。

「這間煎餅……」保澄笑咪咪地接過禮物，看清楚商標後露出驚喜的表情。「這不是我們以前很喜歡的那家煎餅嗎？」

馮靜初聞言靠近丈夫看了眼商標，點頭回道：「對。」

「這是小雅你選的嗎？有心了。」保澄神態真誠，看得蘇小雅侷促不已，垂著紅通通的小臉，似乎都忘了何思與馮艾保先前交代過的事情。

「沒有，是馮艾保建議我買的……」

「喔？」保澄看了眼兒子，淺褐色的眼眸裡彷彿帶笑，又彷彿一片漠然。

馮艾保對他聳聳肩，懶得辯解什麼。

又寒暄了幾句，總算在時針指向八點前，大家都在餐桌上落坐了。

確實如馮艾保所說的，馮家待客上半點不馬虎，一桌菜六成都是蘇小雅喜歡的，什麼無錫排骨、螞蟻上樹、酸菜炒蚵仔、豆酥魚、文思豆腐羹、香煎羊小排等等。他的口味是被哥哥養出來的，蘇經綸幾乎東西方菜色都會做，也頗精通，好處是蘇小雅從不挑食，壞處是他挑口味，味道不好的、不道地的他就不愛吃。

這點上馮家的餐桌完全滿足蘇小雅的小毛病，食物色香味俱全不說，調味也是蘇小雅偏好的，而且似乎味道上還有點熟悉？蘇小雅有些疑惑，但沒時間深究，保澄已經替他夾了一根香煎羊小排進盤子裡。

「來，快吃，你年紀小還在成長，千萬不能餓過頭了。」伴隨而來的是保澄熱情的招呼。

他是個非常周到的主人，不停幫兒子及蘇小雅夾菜，也不多聊些讓人不愉快的話題，而是選擇分享自己先前在國外居住的見聞，提到了塞納河畔的咖啡廳裡的可頌麵包及咖啡，還有剛出爐的法國麵包。

「在我吃到正統的法國麵包之前，一直不理解為什麼法國人要吃那種可怕的食物，口感又韌又柴，就連靜靜都幾乎咬不爛一塊小小的麵包。」保澄看著妻子，笑得甜蜜。「你別看你靜姨一臉高冷的樣子，她脾氣一點就爆炸，發現自己咬不爛一條法國麵包氣得要死，也不顧我還在研究怎麼吃，把剩下的麵包棍搶過去就往地上砸，然後被彈起來的麵包打在臉上，當場因為生理性淚水哭成一隻小花貓。」

「保澄！」馮靜初皺著眉喝斥，但耳垂泛開的紅暈卻洩漏了真正的心情。

「好好好，我不說了。」保澄伸出精神力觸手蹭了蹭妻子的太陽穴，一邊偷偷跟蘇小雅聳了聳肩，滿是疼愛與無奈。

蘇小雅沒忍住也跟著輕聲笑出來，又連忙摀住嘴，略為慌張地看向馮靜初，生怕自己冒犯了對方。

「吃飯。」馮靜初被這麼一看，似乎也有些慌了，躲開丈夫的精神力觸手，拉出了一些距離。

「好好，來，吃一點清炒蘆筍，妳菜吃太少了，年紀大了不能只吃肉。」保澄一邊替妻子夾菜，一邊嘮叨：「保保你也是，就算是哨兵也要健康飲食，否則哪天因為慢性疾病去看醫生，不是很丟臉嗎？」

「爸，我吃得一向很健康，跟媽不一樣。」馮艾保對父親展示了下自己碗裡的素菜，以一個哨兵來說，他的飲食習慣確實比較清淡，也更喜歡吃素菜而不是肉食。

最近一起吃飯的機會多了，蘇小雅也很清楚馮艾保的飲食習慣，如今聽保澄對兒子的交代，忍不住看了對方一眼。

「你從以前就跟其他哨兵不一樣。」保澄這句話聽起來像是感嘆，可蘇小雅卻覺得莫名刺耳。

先前因為保澄而降低的警戒心，瞬間又拉回全滿。

「我覺得馮艾保滿好的啊！」

聽見蘇小雅替自己辯解，馮艾保歪頭看了他一眼，看起來似乎在笑，但蘇小雅能察覺到他眼神裡的警告，瞬間回想起他在車子裡的交代，著重提醒自己千萬不要多提到他。

呃……蘇小雅神情一肅，敏銳地察覺到保澄與馮靜初看向自己的視線與先前不同，似乎有點太過於……熱情？

「我是說……他是個很好的前輩，在重案組大家也都很信賴他。」明知道這時候應該什麼都別說最好，可蘇小雅畢竟年紀輕臉皮薄，被兩個長輩用熱切的目光注視，那些「應該不應該」都忘得一乾二淨，忍不住替自己辯解。

「我記得，你是接替何思的位置吧？」開口的還是保澄，馮靜初基本上不太說話，但專注的眼神給人的壓力反而更大。

「算、算是吧……」蘇小雅說不出地後悔，他就不應該忘記馮艾保的交代。

「我看過你之前實習時參與的案子，雖然年紀小，但能力很強，腦筋又靈活，和保保配合得很好。」保澄稱讚道。

「呃……那次算是誤打誤撞……」蘇小雅現在回想起安德魯的案子時，曾經的意氣風發已經淡了很多了，畢竟秦夏笙的案子上他狠狠摔了一跤，少年人的傲氣直接被打擊到差點消失殆盡。

「你太謙虛了，被長輩讚美的時候，可以驕傲一點喔。」保澄說著用精神力觸手輕拍了下蘇小雅的小腦袋。

小嚮導連忙摀住腦袋，小臉漲得通紅，不知所措地看向身邊的哨兵。

「爸，不要調戲小朋友，讓他把飯吃完，要幹嘛再說。」馮艾保照理說看不到嚮導的精神力觸手，但他仍然很準確地伸手挪開了保澄的精神力觸手，接著給蘇小雅夾了一塊排骨。

「你倒是很維護這個小朋友。」保澄放下碗筷，也不介意兒子觸碰自己精神力觸手的舉動，笑吟吟的眼尾都擠出細紋來，明明應該很親切，蘇小雅卻只覺得毛骨悚然，下意識用精神力觸手把自己包裹起來。

「小雅畢竟是我現在的搭檔，我還想跟他多相處幾年呢。」馮艾保神情平靜，四兩撥千金道。

「你都告訴他了吧？」馮靜初卻沒打算跟兒子打啞謎，她放下手中的碗筷，幾乎可以說是冒犯地看著垂著腦袋的蘇小雅：「蘇小雅，你已經成年了，也就是說早晚必須要跟一個哨兵結合，無論是精神或是肉體。」

「媽，我們還在吃飯。」馮艾保難得皺起眉，臉色不善。

「你的上一任搭檔何思，現在是蘇小雅哥哥蘇經綸的伴侶……一個S級嚮導，你卻沒能把握住對方，馮艾保，我對你很失望。」馮靜初說話速度很慢，一個字一個字都像一把利刃，對馮艾保毫不客氣地劈砍過去。

同時被刺傷的還有蘇小雅，他可以忍受別人攻擊自己，但提到自己最親密的兩個家人，那就是不可以！

見蘇小雅似乎又要開口，馮艾保率先伸手搭住小嚮導的肩膀，用溫和的力道按了按。蘇小雅嗡嗡叫的腦子猛地清醒過來，連忙咬住嘴唇，忍住差點脫口而出的反駁。

「很抱歉讓妳失望，母親。」馮艾保的語調沒了平時的隨意，冷淡、謹慎得讓人渾身難受。

起碼蘇小雅非常難受。

「既然你已經跟蘇小雅提過接下來的流程，那我就不另外告知了。等等吃完飯，你就跟他進你屋子去吧！不要試圖用藥物控制自己的生理本能，前天我忍受你一回，不要以為今天我還願意繼續忍受你的任性。」馮靜初並不是威脅兒子，她是認真地提醒兒子不要試圖激怒自己。

馮艾保自然也很清楚，他也許在同年齡的哨兵中稱得上頂尖，但遇上自己的母親，不過是隻小雞仔，就連保護蘇小雅都有點勉強，最好的方式還是像之前說的，兩人好好在臥室裡待一晚，明天一切就會沒事了。

「還吃嗎？」保澄宛若局外人，笑吟吟問了句。

「吃。」馮艾保笑笑，先替蘇小雅夾了一筷子菜：「多吃點，總不能委屈自己。」

蘇小雅默然不語地埋頭苦吃。

第二章　結合熱

該來的總是會來，儘管已經做好了心理建設，可是當房間門在背後被關上，門外傳來上鎖的聲音時，蘇小雅還是控制不住抖了抖，用精神力觸手緊緊抱住自己。

為了緩解自己內心的緊張跟畏懼，他索性打量起這個要待一整晚的空間，以此緩解情緒。

「這是我小時候住的房間，進白塔後就沒用過幾次了。」馮艾保從門邊的鞋櫃拿出兩雙拖鞋，小的那雙還帶著兩個毛啾啾，被放到蘇小雅腳尖前。「換上比較舒服。」

馮艾保脫下鞋襪，套上拖鞋後走向放在落地窗邊的懶骨頭，一屁股坐上去後發出舒適的嘆息聲。

蘇小雅依然很拘謹，他現在雖然沒那麼討厭馮艾保了，甚至可以說馮艾保榮登他朋友榜第一名，但兩人其實沒在這麼狹窄的空間獨處過……是說，狹窄是個相對概念，以臥室來說，這個屋子寬敞得過分，還是個套房。

他躊躇了下，見馮艾保拿起手機開始玩遊戲，已經不太關注自己了，蘇小雅才換上拖鞋，規規矩矩將自己的鞋襪放進鞋櫃裡擺好，在心裡說了聲：「打擾了。」才往裡走。

約莫十六七坪，可能接近二十坪的臥室是蘇小雅想都沒想過的，浴室也有五坪吧？他推開霧面的推拉門，探頭往裡張望，乾濕分離還有個洛可可式的按摩浴缸，完全不像一個家庭該有的浴室，反而像什麼星級旅館。

房間裡有書桌、錯落的置物櫃、一盆觀賞植物還有兩張單人沙發，落地窗很大，幾乎占滿了一整面牆，但是封死的，與其說是窗戶，更像景觀牆，而坐在落地窗前的馮艾保，就是被觀賞的動物。

這個念頭一竄進腦海，蘇小雅就立刻發現更不對勁的地方了，隨即回到房門前觀察了門把一陣子後，滿臉震驚地轉過頭。

「你房間的門鎖，是從外面鎖的？」

「對。」馮艾保連一眼都沒看他，已經完全沉浸在遊戲世界裡了，態度隨意道：「有什麼問題嗎？」

還「有什麼問題嗎？」這不是哪裡都是問題嗎？蘇小雅瞪大眼，不敢置信。

「我從來沒見過有哪個臥室的門鎖是從外面鎖上的！」

再怎麼說，臥室都是一個人最私密的空間，照理說應該要有完全的管理權才對吧！就連白塔，那個幾乎半軍事管理的地方，每個人的臥室也都能從裡面上鎖啊！

但馮艾保的房間不是，他臥室的門鎖是完全不能從裡面上鎖或開鎖，圓墩墩的一個門把，光滑潔淨到讓人心驚膽戰。

「恭喜你，又增長見識了。」馮艾保總算抬頭笑睨了他眼，但很快又回到自己手上的遊戲，修長的十指飛速彈動，看來熱戰正酣。

「這有什麼好恭喜的……」蘇小雅簡直無言以對，他不理解馮艾保怎麼能這麼無所謂，他才進來不到十分鐘，背上的冷汗都快濕透衣服了。

要說之前在餐桌上，蘇小雅對馮家父母的感覺，是有些無措厭煩，但還不至於到厭惡或畏懼。現在仔細想想，應該是保澄影響了他的情緒，刻意降低他的牴觸與恐懼感。

而現在沒了高階嚮導的影響，被壓制住的情緒猛地反撲，讓蘇小雅在很短的時間內陷入倉皇驚恐中，控制不住地頻頻發抖，腦袋也是一團混亂，完全不知道該怎麼舒緩才好，只能不斷用精神力觸手包裹自己，幾乎要將自己裹成一顆小球，偏偏馮艾保還不理會他，自顧自沉浸在遊戲的廝殺中。

不得已，蘇小雅只能找了張離落地窗最遠的沙發，讓自己當顆沙發馬鈴薯，縮成小小一團，還把紺給放出來陪伴自己。

也不知道過了多久，馮艾保那邊結束了，他滿足地吁口長氣，將手機收起來，起身拉上落地窗的窗簾——很要命的，並不是什麼遮蔽性很好的材料，而是接近亞麻材質的薄紗——這樣的材質與其說保護些許隱私，不如說掩耳盜鈴，該看到的還是能看到，以馮靜初的身體素質來說，多一層紗簾的效果，約等於無效。

「那扇窗子可以看到多少？」蘇小雅焦慮到開始咬指甲，他很久沒這樣了，自從學會使用精神力後，他就能很好地控制住自己的情緒。現在他卻有種自己回到當年，放眼所及的一切都令他充滿不安全感。

「半個臥室。」馮艾保看了他一眼，並沒有多說什麼安慰的話，只是從窗邊往內走，差不多走到床側的位置停下。「到這裡為止。」

確實是恰恰好半個房間。

蘇小雅猛地從沙發上跳起來，他所在的位置在視野的邊緣，連忙往後退了兩步，這才安心了一點。

對他的反應見怪不怪，馮艾保問：「要不要洗個澡換身衣服比較舒服？」

「浴室是安全的嗎？」蘇小雅知道自己現在有點神經質，但他沒辦法不問，馮家的異常超過他短暫人生對世界建立起來的認知，有種世界觀被挑戰的恐怖。

「我爸媽沒有喪心病狂到這種程度，你可以放心。」馮艾保輕笑了聲接著嘆口氣，走上前拍拍小嚮導緊繃的肩膀。「我們還有接近十個小時要度過，不要在一開始就消耗光自己的精力，去泡個澡讓自己舒服點，他們應該準備了你可以穿的衣服，我幫你找出來，好嗎？」

「嗯。」蘇小雅也知道馮艾保說的沒錯，現在才不過九點多，上班時間是八點，馮家父母非常可能七點半過後才放他們出去，現在如果就讓自己過度緊張耗盡體力與精神力，那就真的成為砧板上的魚了。

但知道是一回事，做到是另外一回事，他努力要放鬆，結果反而是讓自己平白無故又多了一分壓力。

馮艾保看起來則完全像個沒事人，好像他沒有被自己的父母當成可以隨意擺弄的小玩具，只是單純回家裡睡一晚罷了，跟所有成年離家的子女沒什麼兩樣。

他打開衣櫃翻了翻，果然找出一套蘇小雅尺寸的棉質睡衣、一套T恤牛仔褲，還有兩件內褲……馮艾保難得僵硬了幾秒，但很快又一臉平靜地拿起內褲連同所有的衣物，轉身回到蘇小雅身邊遞給他。

「看你打算怎麼穿，睡衣比較舒服，T恤牛仔褲可以等明天上班穿。」

蘇小雅沉默地接過衣服，全部捧進浴室裡，碰一聲關上門。

馮艾保仔細聽了聽門內的動靜，小嚮導很快就開始往浴缸裡放水，並抓緊機會沖澡，他似乎發現了泡澡劑，挑了一包撕開來倒進浴缸中。

確定小嚮導態度積極，沒有過度消沉的跡象，馮艾保總算鬆了一口氣，也不再關注浴室裡的狀況，還給蘇小雅應有的隱私空間，跺著步回到落地窗前。

只是這次他沒有癱在懶骨頭上玩遊戲，而是隔著紗簾凝視靜謐的後院，以及不知何時出現在後院長椅上的兩個人影。

馮靜初與保澄。

父母與兒子三人的視線直接對上，馮艾保對面露不悅的母親笑了笑，用口型說：「母親，做人留一線，日後好相見。」

馮靜初顯然是看清楚了，她先是冷笑了下，冰冷的目光宛如實質，猶如帶著利刃剮著兒子身體每一寸，也用口型回道：「留不留一線，你都沒有能力日後不見我。」

馮艾保的笑容瞬間斂去，他用蘇小雅乃至何思都沒見過的冷酷表情回看母親，下意識用左手握住了右手手腕，馮靜初也看到了他的動作，表情瞬間波動了下，但很快又回到了淡漠。

保澄沒有妻子兒子的絕佳五感，精神力觸手也碰不到遠在二樓的房間，但可以感受到妻子的情緒波動，他也朝兒子的方向看去，溫潤如水的神彩已不復存，是與妻子相同的冷然。

馮靜初側頭對保澄說了些什麼，但因嘴巴被擋住了，所以馮艾保沒辦法看清楚，但能看到保澄皺起眉，似乎有些不高興了。

馮艾保忍不住冷笑。

他的父母是一見鍾情的，這也不算太意外，哨兵嚮導的結合往往源於一見鍾情，通常費洛蒙契合度越高，兩人的感情就越容易水到渠成，特別是高階哨兵嚮導，通常是一眼就能確定對方是不是契合自己的人。

而他的名字「馮艾保」簡單說就是馮靜初愛保澄的意思，對他父母來說，他的存在更重要的意義是象徵兩人的愛情，偏偏他還是個高階級哨兵，完全是個意外之喜。

這樣的一個孩子，對馮靜初與保澄而言，並非一個獨立的個體，是他們基因的混合體，四捨五入就是屬於他們的東西。

既然屬於他們，那他們當然可以依照自己的意願去塑造並掌控這個生命——沒錯，是生命，而不是孩子或一個人。

但凡菁英，都比較自我中心，尤其是像馮靜初及保澄這種頂尖的、幾乎無人能匹敵的菁英，更是霸道又獨裁。

馮艾保懶得繼續關注父母的動向了，他退出落地窗的可見視野，不忘把懶骨頭拖走。也多虧這個房間夠大，他才有可以喘息躲避的空間。

蘇小雅還在泡澡，馮艾保窩在懶骨頭裡，姿態悠閒但腦子卻正在高速運轉，半點不敢掉以輕心。

他的父母堅定地認為哨兵應該與嚮導結合，十年前他還年輕，沒意識到自己的父母有多可怕，帶了何思回家吃晚餐，同樣是在這個房間裡，他父母動用的藥物，勉強引發他與何思的結合熱……只能說，還好何思是個S級且能力使用純熟的嚮導，加上他們兩人真的對對方毫無感覺，藥物影響原本就只是輔助功能，也許能將五十分的喜歡放大成八十分，卻無法讓零吸引暴增到及格，這才勉強度過了和平的一晚。

但也因為藥物關係，馮艾保的費洛蒙紊亂了很長一段時間，他父母用的可不是什麼市面上的情趣藥品，而是研究室實驗中的禁藥，可以強制誘發結合熱之外，甚至能一定程度上操控感知。

簡單來說，是一種真的能把零吸引硬生生拉升到七十分的藥物，只能說他與何思當時算是運氣好，藥物發揮不穩定，才沒真的發生無可挽回的後果。

這麼說也不對……馮艾保其實是受到嚴重的傷害，哨兵的費洛蒙紊亂會導致類似神遊的症狀產生，他險些完全陷進自己的精神圖景中切斷所有對外的知覺與聯繫，要不是何思盡全力穩定他的精神狀態，他父母也就可以少操心十年了吧。

當然，那都是十年前的事情了，馮艾保不是個會陷於過去傷痛的人，既然於事無補，還不如好好讓自己強大起來，才能減少受父母箝制的機率。

浴室門喀一聲打開，把馮艾保從過去的回憶裡喚醒，他掛起笑容正打算招呼蘇小雅，一股清淡甜美的氣味卻早一步竄進他鼻腔中，直衝腦門。

「大叔……」小嚮導整個人紅通通的，穿著鬆鬆垮垮的睡衣，但卻沒穿褲子，露出一雙白生生的纖細長腿。「我……好熱啊……」

像糖果又像熟透果實的味道宛如一顆又一顆威力驚人的炸彈，不斷在馮艾保的精神上炸開來，漫流出甜膩的費洛蒙氣味，他腦子瞬間空白，呼吸失控得粗重起來，露在外頭的肌膚很快也紅透了。

「大叔……」蘇小雅還軟綿綿地叫著人，雙眼矇朧地搖搖晃晃朝他靠近，那股甜膩的味道也越來越濃烈，最後完全包裹住馮艾保，一點一點將理智從他的腦子裡擠出去。

結合熱！

這大概是哨兵最後一個清明的想法，包含濃濃的懊悔，但已經什麼都來不及了……

高大強壯的男人壓著纖瘦的青年狠狠地摔在柔軟的大床上，兩個人都已經喪失了身為人的理智，在滾燙的體溫中恢復野獸般的本能，熱烈地交換嘖嘖作響的親吻。

馮艾保用一種要吞掉懷中青年的狠戾，把舌頭塞進對方嘴裡，舔舐探索著柔軟濕熱的口腔，滑過整齊如貝的齒列，纏住蘇小雅柔軟的舌頭吸啜，在小嚮導用同樣熱情的態度回應時，更是像發瘋一般用手扼著蘇小雅小巧的下顎，逼著對方仰起頭更好地接受他更深地搜括。

蘇小雅幾乎要被吻窒息了，馮艾保的舌頭長又有力，像一條柔軟的鞭子，甚至都舔到他咽喉的小舌，他一邊發出難受的乾嘔，一邊又不肯示弱又沉溺不已地回應對方，試圖也用自己的舌頭去舔男人的口腔，唾液交纏的嘖嘖聲不絕於耳，呼吸間都是屬於哨兵那木質系的清香。

「嗯……唔……」儘管蘇小雅非常想跟上哨兵狂躁的節奏，但他畢竟年輕，沒有經驗還體力不足，很快就被完全拉進了馮艾保激揚的情慾風暴中，再也無力與之相抗衡，只能盡力回應配合。

他被吻得近乎窒息，抓著馮艾保肩膀的手從指尖到手臂都在顫抖，一張小臉通紅，雙眼像一泓泉水般清澈卻渙散了，茫然地看著近在咫尺的那雙眼眸，感覺很熟悉又很陌生，黑得宛若能把人吸進去一般，流瀉出能吞噬人的強烈慾望。

當馮艾保終於吻夠了他，勉強自己抽身離開的時，兩人間還有幾條銀絲交纏，兜不住的唾液從嘴角緩緩滑落。

他們沒有離得多遠，鼻尖仍不時磨蹭到一起，交換著滾燙的氣息……蘇小雅不知怎的就默默流下了眼淚，到不是傷心或什麼，純粹是太舒服了，就算舌頭被吸吮得發麻，咽喉被舔得痠癢，他還是捨不得馮艾保離開，他希望對方再多吻自己一會兒，最好能真的把自己吞下肚子算了。

所以他怯生生地吐出粉色舌尖，舔了下馮艾保因接吻而嫣紅的嘴唇，先是下唇，從嘴唇中間舔到唇角，然後是上唇，馮艾保的唇上有個淺淺的唇珠，平時不明顯，舔起來軟彈軟彈的，蘇小雅略仰起頭，含住了他的上唇吸吮。

他真的好喜歡……好喜歡……好喜歡……

「大叔……大叔……快、快做點……快！」馮艾保沒有回吻他，只是深深地凝視著他通紅的小臉，蘇小雅覺得自己快被身體深處蔓延出來的渴望弄死了，他有點生氣，為什麼馮艾保還不做點什麼？

「小雅……蘇小雅……」馮艾保回應他的呼喊，眉頭狠狠皺著，彷彿正努力在對抗什麼，濃黑色的眼眸閃動著，在清醒與慾望間徘徊。

這段時間也許很長，也許很短，反正他們誰也沒功夫去精算，很快地熱度又一次升高到兩人控制不住再次吻上對方，渾身都因為過分的高溫覆蓋了一層汗水，恨不得將自己融入對方體內般緊摟著互相磨蹭交纏。

如果有其他的哨兵或嚮導在就會知道，這代表他們的結合熱到達高峰期了，他們已經不可能再喚回任何理性，只剩下本能掌控一切。

男人滾燙的嘴唇從蘇小雅的嘴角往下，在纖細的脖頸留下一串鮮豔的吻痕，接著來到鎖骨的地方反覆磨蹭，間或幾個按捺不住地輕咬，更多的是猶如火焰般灼熱的吻。

蘇小雅扯著床單，十指緊繃到發抖，仰著脖子發出呻吟，含糊的一聲聲叫著：「大叔……大叔……」

馮艾保的回應是一口含住青年白皙胸口上的乳頭，淺色的凸點很快就被吸得硬起，像兩顆小石頭，輕易就能被男人的舌頭裹進嘴裡又吸又舔，他似乎很喜歡這兩個小東西，玩得不亦樂乎，幾乎捨不得離開，這可苦了蘇小雅。

小嚮導從不知道自己的乳頭這麼敏感，能被玩得這麼硬這麼大，他顫抖著含淚看著埋在自己胸口上的黑色腦袋，開口想說什麼，發出的卻是一連串不成調的甜膩呻吟。

「大叔……不要嗯……啊嗚嗚……不……」他控制不住地掉眼淚，雙腿夾著男人緊實的腰身磨蹭，奮力用軟到幾乎沒力氣的手去推揉男人的頭，想讓對方放過自己的乳頭。

不能再玩了，再玩下去會射的……蘇小雅皺著鼻子，可憐兮兮地啜泣，埋在他胸口上的男人卻彷彿什麼都沒聽見，舔得更用力更過分了，甚至將他薄薄的胸肌都吸了一點進嘴裡，跟乳頭一起被吮咬，又癢又爽得讓蘇小雅幾近發狂，繃緊了小腰抖個不停。

「停下來……拜託不要……不要啊啊啊！」蘇小雅修長的雙腿在床上踢蹬數下，他終究還是被玩弄乳頭到高潮了。

噴濺出的精液被包裹在內褲裡，濕濕黏黏還帶著屬於自己的熱度，他小臉紅得幾乎滴血，委屈啜泣著粗喘，推搡馮艾保的手改成撕扯男人的頭髮，終於把男人從自己胸口上推開了。

「你……你混蛋……混蛋……」小青年淚眼婆娑，嘴巴說著罵人的話，身體卻親暱地纏在男人強健的身軀上，分享彼此的體溫。

「對，我是大渾蛋……你是小壞蛋……」馮艾保瞇起桃花眼笑道，吐著滾燙的氣息湊在蘇小雅左耳邊。「幫我摸，摸得更硬了就插進你的小屁股裡好不好？」

說著，將蘇小雅磨蹭著自己腰際的手，扯到下身已經硬起來的部位。很燙……蘇小雅瑟縮了下，儘管隔著內褲，還是能感受到馮艾保勃起的陰莖有多麼硬多麼燙，彷彿能灼傷他的手。

「別縮，你不喜歡粗硬的嗎？」大概是本能被完全剝離出來的緣故，馮艾保說起話來完全不加掩飾，比平時更挑逗。

蘇小雅吞了口唾沫，眼神迷離地看著比平常性感太多的男人，他其實一直都對馮艾保的身體很感興趣的……好像也不能這麼說，誰叫馮艾保的身體那麼漂亮？他還記得之前去馮艾保家的時候，他看到對方翹挺的屁股……

忍不住又吞了口唾沫，乖乖在男人的操控下，先隔著不知道是被誰的體液沾濕的布料，磨蹭搓揉硬得要命的陰莖，簡直像握著一團火焰，他粗重地喘息起來，哼哼地發出難耐的呻吟，摟著馮艾保脖子的那隻手將人往下按，仰頭小口小口笨拙地親吻對方的嘴唇。

馮艾保低聲笑著回應他的吻，一隻手則扯下內褲，讓硬得難受的陰莖彈出來，打在蘇小雅嫩呼呼的掌心裡，把小嚮導嚇得抽搐了下，倉皇想縮回手，卻忘了自己的手其實被馮艾保握著，根本無處可逃，只能任由男人粗硬滾燙的肉莖在自己掌心摩擦。

「啊……好燙……好硬……嗯……」蘇小雅大口大口喘著氣，所有的注意力都跑到掌心去了，跟自己的陰莖摸起來的感覺完全不一樣，沉甸甸的，一隻手竟然還握不住，大得讓他畏縮的同時又暗暗有些期待。

「小雅……把腿張開。」馮艾保被摸得粗喘，兩人早就不知不覺都赤裸了，他還記得從床頭櫃裡翻出潤滑液，粗暴地擠了一堆黏膩的液體在掌心，哄著小嚮導配合。

「嗯……」蘇小雅沒有抗拒，他現在肚子裡也有一團火，全身叫囂著想與馮艾保貼得更近，無論用什麼方法。

「真乖。」馮艾保笑著親親他的眉心，把手上染上他體溫的潤滑液全抹進蘇小雅圓翹臀部中間的誘人細縫，粉嫩嫩的部位被弄得濕濕黏黏，無措地微微收縮著，馮艾保深色的眼眸中凝聚了讓人畏懼的風暴，目不轉睛地盯著看了好一陣子。

「大叔？」蘇小雅被看得害羞，又壓抑不住心底的急切，忍不住開口叫了他一聲，粉色的小穴也跟著開合了幾下。

男人猛地抽了一口氣，幾乎是凶狠地看著表情滿是慾望卻又單純的小嚮導，露出一個獵食動物般的笑，將熾熱腫脹的龜頭抵上裡外都軟滑了的後穴上，俯身舔了舔蘇小雅紅透的左耳耳垂。

青年發出細微的嗚咽聲，渴望地輕輕擺動自己的腰。

「深呼吸，放鬆身體，我要進去了。」馮艾保幾乎是含著蘇小雅的耳垂這麼說著。

下一秒，馮艾保沉下腰，挺著自己硬得幾乎爆炸的陰莖，一鼓作氣插入了蘇小雅的身體。龜頭宛如槍頭，如入無人之境般撐開生澀害羞的粉嫩部位，撐開每一寸濕熱的腸道肌肉，完全不顧那微不足道的抵抗力量，接近凶殘地直插到底。

「啊……啊！」蘇小雅尖叫出聲，他說不清楚自己到底什麼感覺，只覺得有塊滾燙的長條狀物體戳入體內，伴隨而來的是強烈的痠脹、疼痛與麻癢，薄薄的肚皮底下彷彿有一團火焰在燃燒，燙得他仰起頭半大喘不過氣，嘶啞地發出悲鳴般的尖叫。

馮艾保是真的天賦異稟，陰莖又長又粗，以粗俗的說法「驢屌」來形容，都只能算白描，看起來非常猙獰有些嚇人。如今，這整跟碩長的東西除了根部一小段外，已經全部插入蘇小雅身體中，鼓起的青筋與堅硬的莖身操得蘇小雅終於能喘氣後，直接哭出來。

「大叔……大叔……好脹……好難過……」他抽抽噎噎地叫著，聲音甜絲絲的，別說退出去，馮艾保又往前戳了一小截進去。「啊！啊啊啊！」

男人腦子嗡嗡作響，修長如玉卻極為有力的雙手緊緊握住小嚮導纖細柔韌的腰，牢牢把人固定在自己身下，他能聽見蘇小雅軟綿綿的哭泣求饒，像一團棉花糖拋在他心口，搞得他熱血沸騰，炙熱的體溫似乎又高了幾度，獸性完全被激發出來，腦子裡只有掠奪與我要弄死這個小東西。

「好大……太大了……啊啊……」感覺到自己的身體被身後男人堅硬的肉莖一寸寸擠開，沉甸甸的分量強悍地占滿蘇小雅濕熱的腸道，潤滑液的效果好得過分，似乎還有催情或一點肌肉放鬆之類的藥效，讓他除了剛被男人插入的瞬間感到一絲疼痛外，很快就只剩下被塞滿的快感。

挺翹渾圓的臀肉因為體溫與愉悅嫣紅一片，穴口被粗壯的莖身撐得已經完全失去褶皺，繃得緊緊的邊緣隱約有些透明，即使如此也在本能的驅使下開始吸吮起屬於成年男人的粗壯肉莖。

蘇小雅輕聲嗚嗚著，腰被馮艾保緊緊扣住，完全動彈不了，男人粗暴地挺胯擺腰，一次又一次把肉莖抽出只剩一個龜頭後，又狠狠撞進濕漉漉的肉穴裡，渾圓堅硬的龜頭用力蹭過前列腺後往更深的地方插進去。

「啊！那邊……那邊不行……不行！」蘇小雅快瘋了，他的身體因為結合熱尤為敏感，馮艾保還認準了最爽的地方攻擊，這簡直要命。

男人根本聽不到他說了什麼，一手按在青年白皙泛紅的背脊上，撫摸著微微突起的脊椎骨，一節一節往下摸到尾椎的地方後，又一節節摸回頸部，簡直把小嚮導當貓咪一樣愛撫，搭配著粗壯陰莖凶猛地抽插，腸道很快就被肏出了腸液，噗嗤噗嗤隨著陰莖抽出的動作往外噴。

一開始蘇小雅還試圖掙扎，被男人按著肏已經很過分了，他的感官瞬間有種過載的感覺，精神圖景完全開放，只要馮艾保願意隨時可以進入他的精神圖景中，直接把蘇小雅整個人從裡到外都打上自己的標記。

但男人似乎還保有一絲最後的理智，他沒有碰蘇小雅的精神圖景，甚至沒有試圖放出自己的精神體去處碰蘇小雅，只是不停用手愛撫蘇小雅的背脊，把小嚮導摸得渾身發軟，不只肉體爽得要死，甚至連精神都快高潮了，整個人脫力地倒在床褥上，小臉迷亂，雙眼微微翻白，嫣紅的唇瓣張著，唇角有含不住唾液往外流淌。

「啊啊……慢一點……大叔拜託……啊！」嘶啞的求饒聲被男人粗暴地抽插撞得斷斷續續，青年渾身都沒了力氣，完全靠馮艾保提起自己的腰，撅著圓俏的屁股被狠狠肏。

馮艾保喘著粗氣，墨黑的眼眸半瞇，直盯著自己身下顫抖的身軀，赤裸的胸膛上滿是細密的汗水，順著動作及肌肉線條往下滾，最後落在蘇小雅白裡透紅的肌膚上。

明明兩人的體溫都很高，但每一滴汗水都會令小嚮導猶如被燙到般抽搐一下，馮艾保也覺得自己的心也跟著顫抖了下，他真的想把人吞進肚子裡，下身的抽插又更加猛烈了。

「啊哈……啊啊……太快、太快了！不行！」蘇小雅崩潰地尖叫，他的前列腺被刺激過度，前方的陰莖顫抖著眼看就要射了。

但馮艾保無視他的哭喊，依舊看著自己粗壯的陰莖在青年體內橫衝直撞，把人肏得淚流不止，踢蹬著的雙腿繃緊了身體痙攣彈動。

「不行……不行啊！啊啊啊……」蘇小雅死死抓著床單，關節都泛白了，雙腿猛地踢了幾下，整個下半身更是抽搐得險些掙脫出馮艾保的掌握，他把臉埋進被褥裡，瘋了似的尖叫，勃起的陰莖噴出了白濁的精液。

即便他都高潮了，馮艾保依然沒有放過他，撫摸著他背脊的手往上停在他纖細的後頸上，像抓小貓咪一樣扣住，握著他腰的手則往下移了一點，滾燙寬大的手掌按在他抽搐的小腹上，對著某個地方輕輕一按。

「啊啊啊啊——」蘇小雅再次發出崩潰的哭叫聲，他看不到自己的肚子所以沒發現到，馮艾保的肉莖真的太粗太長了，現在進得又特別深，直接在他肚皮上頂出一個小小的、隱約的鼓包。

而男人就是照著這個鼓包按他的肚皮，內外夾擊簡直要把蘇小雅玩死才甘心。

「好可愛……」馮艾保俯身覆蓋在蘇小雅抖得完全停不住的背脊，厚實的胸膛夾帶過度燙人的溫度，熨得蘇小雅吐著粉嫩舌尖喘氣，嘶啞地哭著求饒卻毫無作用。

肚子上的鼓包稍稍消下去，這時馮艾保抽出了陰莖，他親了親小嚮導哭紅的眼角，喘息著柔聲安慰道：「乖寶寶，再一下子就好，好嗎？」

「嗚嗚……再、再一下……嗯？」蘇小雅根本沒聽懂馮艾保說了什麼，無論男人的聲音多溫柔悅耳，都無法抵消龜頭頂在他前列腺上這件事，他眨著失焦的淚眼，茫然地重複馮艾保的低語。

「好乖。」馮艾保輕聲笑了，他其實也沒有外表看起來的游刃有餘，青年的身體太舒服，緊緻濕軟的腸道像一張張小嘴吸吮著他的陰莖，因為高潮繃緊的身軀擠壓的力道更讓他爽得頭皮發麻，他哪裡還有什麼理智？現在的他只是一頭狩獵中的野獸罷了。

一手掐著青年的頸子，一手按在薄薄的肚皮上，馮艾保再次大開大合地操幹起來，每一回都會用龜頭頂著蘇小雅的前列腺摩擦，簡直要把那塊栗子狀的腺體磨出火來，把人肏得雙腿狂蹬，撕扯著床單尖叫，才剛射不久的肉棒又再次亂甩著射了，甚至連後穴都跟著噴出水來。

「不行……不行……住手——」

然而無論蘇小雅怎麼哀求都沒用，馮艾保確實不再頂著前列腺操了，這次卻開始朝更深的地方撞擊，他的陰莖沒有完全嵌進蘇小雅體內，還有一小截留在外頭，可即便如此也幾乎頂到直腸盡頭，龜頭猛撞結腸入口，也在蘇小雅薄薄的肚皮上頂出一個鼓包。

「不要…不要不要！馮艾保！不要——」

馮艾保的手按上鼓包，隨著自己抽插的動作揉捏，蘇小雅掙扎著哭喊，強烈的快感從身體深處往外蔓延，他被死死扣著後頸按在床上，完全掙脫不出男人的控制，精神力接近暴走，精神力觸手朝哨兵身上抽打，對方卻置若罔聞，彷彿這幾下是在幫自己搔癢，撞擊的動作不僅絲毫不放鬆，甚至還有愈加失控瘋狂的態勢，沉重的身軀整個壓在蘇小雅身上，肉莖一次進得比一次更用力，幾乎要頂開結腸入口插進去。

之後到底發生什麼事，蘇小雅基本上已經完全不知道了，他的腦子被過度的快感占據，精神力觸手癱軟在身邊，任由馮艾保在自己體內肆虐，身體的痙攣幾乎停不下來。

當馮艾保滾燙的精液射進他肚子裡時，他疲軟的陰莖馬眼也微微張開來，往外鼓了鼓，最後緩緩流出隱約帶些白濁的殘精，整個人直接昏死過去。

☼ ☼ ☼

瘋狂的一夜過去，蘇小雅被做昏又被做醒數次後徹底醒不過來，直接睡到了日頭高起，夏末的陽光還很強烈，透過亞麻紗質窗簾照射在身上，暖得讓人渾身發燙。

蘇小雅緩緩睜開雙眼，打了一個哈欠，茫然地看著陌生的天花板，腦子一時沒轉過來自己身在何處，又為什麼會在一個陌生的地方醒來？

「睡醒了？」低柔如大提琴的聲音從有點距離的地方傳來，蘇小雅猛地抖了下，腦中瞬間湧入昨夜的記憶，小臉差點沒炸開來。

「馮艾保！」他想像自己從床上彈起來……之所以是想像，完全是因為他身體現在痠軟無力，聯想到昨夜的瘋狂，完全稱不上意外，但也絕對不是讓人能安心接受的結果。

慢吞吞爬起來後，蘇小雅發現自己的身體除了無力了點之外，並沒有其他不舒服，應該是結合熱的功勞……不對！為什麼會突然產生結合熱？他又不喜歡馮艾保！他頂多，喜歡他家的老鼠！

馮艾保拉了懶骨頭坐在床邊，原本應該在用手機跟人聯絡，但蘇小雅醒來後就放下手機，對著惡狠狠看著自己的小嚮導微笑。

「你的臉……」蘇小雅本來想痛罵對方，或者質問對方到底為什麼發生這種事，可在看清楚馮艾保青青紫紫的臉後，肚子裡的火氣瞬間被澆熄，湧上心口的是另一種憤怒。「你媽打你嗎？」

馮艾保遺傳了他父母最好看的部分，用俊美兩個字都形容不了他有多好看，即使蘇小雅一直對馮艾保頗有微詞，也總是會不小心被這傢伙的臉給吸引，暗暗地欣賞起對方來。

當然，喜歡看美人是人之常情，蘇小雅不覺得有什麼問題。

可現在，馮艾保的臉幾乎是破相了，嘴角裂傷，兩隻眼角也都有傷痕，一隻眼睛紅得像要滴血，連眼白都是血紅的，看樣子是被痛揍過，導致眼球充血，離瞎掉搞不好就剩一步。

其他地方就更別提了，鼻梁雖然已經被掰正了，但從腫脹的程度以及上頭的紗布判斷，先前應該是被揍斷了。

甚至連脖子上都有一道三公分寬的勒痕，已經腫脹起來，顏色是嚇人的青紫，蘇小雅一看就知道那是嚮導的精神力觸手勒出來的。

發現蘇小雅看著自己的脖子，馮艾保伸手聊勝於無地遮擋了一下，解釋道：

「我今天差點掐死我媽，所以我爸就出手掐暈我。」

語調平淡到彷彿是在說今天天氣很好，但這個句子裡出現兩個「掐」字跟一個「死」字，根本不該用這種口吻述說吧！

更別說涉及的三個人是一家人，父母跟兒子……蘇小雅完全忘記自己昨天跟馮艾保上床這件事，主要也因為他除了疲倦了點、身體沒什麼力氣之外，沒有更多的不適。

他爬下床，繞著馮艾保走了一圈，觀察男人身上大大小小的傷痕，又走了一圈，然後又走了一圈，雙手的拳頭越握越緊。

「好了，別繞了，我頭都暈了。」馮艾保拉住蘇小雅，很自然地把人拉進懶骨頭裡，跟自己擠在一起。

蘇小雅掙扎了下，倒不是覺得太親密，而是怕會壓到馮艾保身上的傷口，但又不敢掙扎太過，只得僵硬地靠在懶骨頭上，側頭看著馮艾保。

「我爸媽已經去研究院了，我們隨時可以離開，你要再休息一下嗎？」馮艾保半點沒把身上的傷放眼裡，伸手攬住蘇小雅，刮了下他鼻尖問。

「你……」蘇小雅想問他到底為什麼跟自己的父母起這麼大的衝突，但想到昨天晚上的結合熱，答案也就呼之欲出了。

馮艾保肯定是因為被父母設計，並真的跟自己上床了感到憤怒，於是和父母起了肢體衝突，然後被父母聯手打成現在這樣……想得越清楚，蘇小雅心裡的火氣就越大，但更讓他不爽的是，就算他再怎麼生氣，也確實拿馮艾保的父母沒有辦法。

「他們昨天不會聽了一整晚我們的牆角吧？」其他事情可以先不追究，這件事一定要問清楚。

馮艾保聞言輕笑了聲，但沒有回答。

蘇小雅臉色黑得要命，被設計引發結合熱跟同事上床已經很討厭了，要不是馮艾保身材跟臉都符合他的審美，他也確實挺爽的，對方又為了自己被揍成豬頭，他現在絕對不會這麼輕易暫緩追究這件事。

但被聽牆角又是另一個層面的討厭了，這對夫妻到底什麼毛病？設計自己兒子跟別人發生關係，還要在一邊監聽？

「他們幹嘛不看A片就好？」蘇小雅咬著牙啐道。

馮艾保聞言短促地笑了聲，但很快收斂住，抱著蘇小雅晃了晃，神色嚴肅地開口：「蘇小雅，昨晚的事情我很抱歉，你要是想提告我父母的話，請允許我當你的證人。」

沒料到他會這麼說，蘇小雅啞然地看著馮艾保慘烈的臉，半天沒有回答。

馮艾保也不催促，專注地凝視他，等著他反應過來後的回應。

過了很久，真的非常久，蘇小雅的貼著馮艾保的那半邊身體都被男人的體溫搗得滾燙，他才終於開口：「我會討回公道，但不是現在。他們肯定不怕被告上法院，再說了，結合熱這種事情，你要怎麼證明我們是被誘發的？」

道理是這個道理，馮艾保知道研究院有製造出禁藥來，但這種祕密實驗代表很容易可以被銷毀，只要大家利益一致，就很難找到突破口證明什麼。

研究院基本上是中立的，但那也只是「基本上」。他們不覺得自己在傷害哨兵跟嚮導，而是在帶給哨兵嚮導更好的未來，沒有罪惡感，甚至有榮譽感的犯罪行為是最難被抓出來的，你甚至無法確保他們會被起訴乃至於定罪。

「走吧！我們先去處理你的傷，至於昨晚的事情，就當作……沒發生過好了？」蘇小雅後半句話說得有些心虛，他不太願意去深究自己為什麼會被誘發出那麼強烈的結合熱，連理智都消散了。

就像他不肯承認，他也許對馮艾保不只是欣賞臉跟身材這麼表面。

馮艾保笑笑，拉著他從懶骨頭裡起身，秀出手機上的預約碼。「我已經預約好看診醫生了，先送你回家？」

「嗯。」

第三章　寧靜住宅區中的滅門案

以現代的醫學加上哨兵異於常人的恢復力，從醫院離開的時候，馮艾保除了骨折之類的傷還需要一點時間恢復，其餘的擦傷、瘀傷都已經好了七八成，頂多再一、兩天就能完全恢復。

這也就顯得他鼻梁的傷勢特別嚴重，第二天一進辦公室就把沒出外勤的同事們嚇了一大跳，紛紛圍上來慰問，擔心是不是有哪個窮凶極惡的犯人襲警，畢竟以馮艾保的等級來說，也沒多少人能給他造成這麼嚴重的傷勢。

岳景楨自然也看到了，他沉默不語地瞟了眼笑吟吟應付同事關心的馮艾保，接著往蘇小雅看去。

小嚮導一臉擔心地遠遠關注馮艾保，情緒中除了掛念外還有隱隱的怒火，不過憤怒的對象倒不是馮艾保。

岳景楨想了想，抬手看了眼剛傳到他腕上微型電腦的資料，開口：「蘇小雅，麻煩你過來一下。」

「好！」蘇小雅連忙跑上前，跟在上司背後進了對方辦公室，乖巧地關上門。

百葉窗被拉上，擋住了外頭所有窺探的視線。

「坐，要喝點什麼嗎？」岳景楨拉開小冰箱問，裡頭都是些甜飲料，主要是汽水類的飲品。

蘇小雅挑了一瓶海鹽檸檬味的氣泡水，扭開來喝了兩口。

「研究院的匹配度測試報告出來了，因為你們是刑警，所以依照法規會把結果通知我這個直屬上司。」岳景楨從來不愛廢話，直接開門見山地將電腦裡的報告投影出來。「你跟馮艾保的匹配度是９７．２３５％，小數點下第四位無條件捨去。」

「呃……」蘇小雅看著那出乎自己意料的數字，鮮紅的顏色扎得人眼睛痛，心裡算是明白為什麼馮艾保的父母會那麼積極，甚至不惜下藥也要讓他們兩人結合。

不過，萬幸的是，儘管他跟馮艾保因為結合熱上了床，但無論肉體或精神都沒有完成結合，這也讓他心裡好過了很多，甚至有點淡淡的幸災樂禍。

「我不想問你跟馮艾保昨天為什麼同時請假，我也不想問馮艾保臉上的傷到底是誰製造的……」岳景楨話裡的意思其實是他什麼都知道，但尊重兩人的隱私選擇不說而已。

蘇小雅聽懂他的意思，感激地對上司點點頭，也不好說馮艾保昨天被氣到抓狂的何思用精神力觸手揍了一頓，老鼠都被金絲雀啄得頭上禿了兩塊，背上好幾道爪痕，這才導致今天還能看到這麼明顯的外傷痕跡。

要是何思知道他與馮艾保的匹配度這麼高，恐怕會直接殺到警局來要求他辦理離職，能離馮艾保多遠是多遠，千萬不能再被馮靜初、保澄這對夫妻設計了。

蘇小雅回想起昨天下午，何思揍完馮艾保後看他一臉擔心的模樣，直接暈眩跌坐在地，手上還抓著吱吱叫的老鼠，眼神危險地用指尖抵著老鼠的生殖器下方，任誰都不懷疑何思肯定正在思索要不要從根源斷絕危險。

饒是馮艾保這樣的哨兵，都下意識夾緊了雙腿，略顯慌張、小心翼翼地盯著何思的手指，一個字都不敢說。

幾人僵持了一陣子，要不是蘇經綸剛好回家，歡快地打破冷肅的局面，蘇小雅覺得今天自己跟馮艾保搞不好還得再請一天假修養身心——他修養心，馮艾保可能得養身體。

最後何思臉色黑沉地將老鼠丟還給馮艾保，也收回了自己的金絲雀，眼神複雜地看著蘇小雅。「小雅，你……」

何思又沒瞎，紺剛剛悄無聲息跳上一旁的五斗櫃，鴛鴦眼像看獵物一樣看著啁啾著罵人的金絲雀，一臉蓄勢待發的模樣，他才不得不把老鼠完完整整還給馮艾保。

蘇小雅臉頰微紅，但表情依然很無辜。紺只是隻小貓咪而已，小貓咪能有什麼壞心思呢？

大概也是因為紺默默替蘇小雅表達了態度，何思從張牙舞爪保護家裡小朋友的雄獅，瞬間心灰意冷，擺擺手表示自己不管這件事了，只威脅馮艾保別讓自家

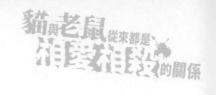

父母有機會對蘇小雅做更多過分的事情，便躲到廚房去陪蘇經綸做菜……或者說去找自己老公討安慰了。

「蘇小雅，我想你已經知道馮艾保的父母是什麼樣的人了。」岳景楨嚴肅的聲音將小嚮導從回憶裡拉回到現在，威嚴的眼神看得青年不由得抖了抖，用力點點頭。

這裡很明顯說的不是馮靜初與保澄的身分貢獻，而是指他們對哨兵嚮導結合的堅定理念，以及對兒子病態的掌控慾。

岳景楨滿意地點點頭，知道蘇小雅聽懂自己的意思了，又繼續道：「你跟馮艾保還沒有結合，將來萬事要謹慎點。」

「知道。」蘇小雅心裡又冒出怒火與厭惡，可現階段也只能暫時壓抑下來，先躲著那對夫妻。

「知道就好，要是有什麼需要都可以跟我說，我還是能夠給你們一點幫助的，不要客氣。」這才是岳景楨找蘇小雅談話的重點。

十年前，他還不是重案組組長，就見識過馮靜初保澄這對夫妻的行徑，同樣經歷了偶像幻滅的打擊，那時候他能幫的忙有限，所幸何思跟馮艾保的匹配度不高，也就40％左右，兩人又對對方毫無感覺，馮氏夫妻二人全無可乘之機，這才平安無事地度過這些年。

但蘇小雅跟馮艾保的匹配度太高了，一般出現這樣的匹配度，哨兵嚮導會直接一見鍾情，所以岳景楨是有點拿不準這兩人現在倒底對對方是什麼態度，但不妨礙他在兩人需要的時候提供幫助。

畢竟，馮氏夫妻不可能放走蘇小雅，無論是為了自己的兒子，還是為了自己的信念。

「謝謝組長。」蘇小雅自然能感受到對方真誠的善意，也認認真真地道謝，對岳景楨露出個甜蜜的微笑。

「好了，你可以出去了。」說完話，岳景楨也不多留蘇小雅，揮揮手讓小嚮導離開。

帶了一瓶氣泡水離開岳景楨私人辦公室，外頭同事們已經滿足對馮艾保的慰問，各自回到自己的桌上忙碌了，只有剛被關懷了一通，鼻子上還貼著紗布，整體形象有點好笑的馮艾保懶洋洋地癱在辦公椅上，操作手機不知道在偷薪什麼。

「在幹嘛？」蘇小雅靠過去。

「喏。」馮艾保沒說，把手機交出去讓蘇小雅自己看。

是研究院寄來的匹配度報告，難怪馮艾保不明說了，被同事們聽見肯定又要引來新一波關心。

「沒想到會這樣。」蘇小雅看著血淋淋的97．235這幾個數字，心煩地灌了兩口氣泡水消氣。

「我是有猜到數值不會低，但沒想到這麼高。」馮艾保嘆息般低語，伸手摸了下自己紅腫的鼻梁。

「算了，管他高低，都跟我們無關。」蘇小雅將報告滑開，手機還給馮艾保。「你今天要回診吧？要不要陪你？」

醫院有治療儀，能讓斷裂的鼻梁恢復得更快，兩天就要使用一次，醫生說大概用上四次就夠了，畢竟馮艾保的體質擺在那兒，而且醫生說的是「跟以前一樣，回診三次就可以了」。蘇小雅很難不做聯想，馮艾保不是第一次被他父母打成重傷。
不過這種事他沒什麼資格問，也不好跟何思打聽，他怕何思會再次氣到暈眩，到時候想起來又去揍馮艾保怎麼辦？老鼠太無辜了。
心裡湧現一股煩悶，他焦躁地揉了揉太陽穴，看馮艾保還不回應自己，不爽地瞪著他。「反正我要跟去。」
馮艾保聳聳肩。「你不嫌麻煩就好。」
然而，他們的醫院回診並未能成行。
兩人無所事事了一個上午，馮艾保調靜音偷打遊戲，蘇小雅則研究了幾個過往的案件資料，為了方便他進出資料室，也為了讓他可以看到層級更高的案件，馮艾保暫時沒拿回自己的通行證，這幾個月都在蘇小雅手上。
與醫生約好的時間是下午三點半，大約兩點左右的時候，蘇小雅收拾好看完的資料，打算整理好送回資料庫。
馮艾保臉上掛著墨鏡，歪著頭癱在椅子上，也不知道是在發呆還是睡著了，即使鼻子上貼著紗布，又紅又腫的看起來很淒慘，但他露出的嘴及下顎部位依然很漂亮，蘇小雅不知不覺又盯著他看了好一陣子。

「看什麼？」馮艾保突然開口。

蘇小雅沒受到多大的驚嚇，通過精神力觸手他知道馮艾保沒睡，他也好奇對方要被自己看多久才會有反應。

十分二十六秒……三十秒。

「我在想，你媽的鼻子不知道現在怎麼樣。」辦公室裡又只剩下那位文書職員，對方依然勤勤懇懇在輸入資料，蘇小雅說話也就沒那麼隱晦了。

「打人不打臉，她畢竟是我媽。」言下之意就是，馮艾保雖然跟他媽打了一架，甚至動手差點掐死他媽，但倒是沒在自己母親臉上留傷痕，算是非常給面子了。

蘇小雅點點頭，表情中有一絲不隱藏的可惜。

馮艾保笑出聲來，但因鼻子有傷的關係，很快就停下笑聲，嘆了口氣。

應該是很痛吧？蘇小雅也不知道自己能怎麼幫他，只能看了眼時鐘問：「不然，我們先去醫院吧？搞不好可以提早使用治療儀。」

馮艾保來不及表示意見，岳景楨辦公室的門被打開了，中年嚮導看到兩人後揚了揚下顎。「正好，有個案子進來了，你們現在立刻過去現場，資料我發過去了。」

話音剛落，馮艾保與蘇小雅手上的微型電腦就發出嗶嗶聲，蘇小雅連忙打開資料瀏覽，很快就看完了，重要的是報案電話跟案發地址，法醫跟鑑識科已經先過去了。

地點是安華區一處住宅區的民宅，報案人並非第一發現人，而是第一發現人的孫子，對方每週固定去探望奶奶三次，今天剛好是他去拜訪日子。但到了奶奶家後，他按了門鈴卻無人回應，此外大門並沒有鎖上，可見老人家原本是打算暫時外出，很快就會回家才對。

年輕人很著急，生怕奶奶遭遇什麼不測，於是決定先到隔壁詢問鄰居有沒有線索，沒有的話他就要報警了。

所幸，他確實在鄰居家找到了自己的奶奶，不幸的是他奶奶昏倒在地，而呈現在他眼前的，是一個堪稱血腥恐怖的犯罪現場。

從中央警察署到安華區的犯罪現場，開車要將近四十分鐘，當地警局的刑案組已經先去現場做初步勘查，最後決定跟中央警局重案組要求援助。

安華區在首都圈是屬於比較偏遠的地區，算是新興市鎮，居民結構多半是年輕夫妻，或者退休老人，因為人口偏少，所以公園綠地的占比很高，也都弄得很清爽舒適，非常適合居民活動聚會。

這個社區算是相對比較舊的社區，在安華區開始規劃發展前就存在了，房價特別便宜，但環境卻很便利，因此外來人口比例不少，年輕人比例也很高，這個時間段社區裡沒什麼人，馮艾保及蘇小雅很遠就看到警車、公務車的影子。

屋子前面的馬路很寬敞，他們隨意找了個靠近的停車格停下後，立刻投入犯罪現場。

「怎麼回事？」馮艾保問站在門邊等他們的安華區刑警，一個中年男子，是少見的普通人刑警，外表端正、眼尾有些下垂，看起來非常親切，現在卻愁眉不展。

「馮警官，好久不見。」對方是認識馮艾保的，先打了個招呼。

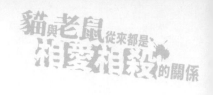

「謝警官，沒想到會遇上你。」馮艾保顯然也對他有印象，拉下墨鏡打了個招呼。

「你來了我就比較安心了……」謝警官嘆口氣，揉了揉鼻梁，沒有失禮地詢問馮艾保臉上的傷，而是直接進入正題：「你等會兒看到現場的時候不要被嚇到了，老實說有點……嚇人。」

他最後兩個字說得很遲疑，蘇小雅察覺到他說的不只是犯罪現場本身很嚇人，還有另一層涵義，但究竟指的是什麼，蘇小雅無法確定。

馮艾保點點頭，低聲道了謝後回頭看了眼蘇小雅。「做好心理準備了嗎？」

小嚮導深呼吸了一口，用力點頭。「我可以的。」

這其實才是他第一個看到屍體尚未移走的犯罪現場，白塔案雖然也接觸過一次死亡，但因為情況很混亂，加上陳雅曼死得不算慘烈，很快就被送上救護車移走，還來不急讓他感受到什麼很強烈的精神刺激或壓力。

而上一案的卜東延畢竟透過監視器畫面，加上當下男人並未死亡，因此儘管有些嚇人，卻也不能算是真正的犯罪現場，受到的衝擊有限。

他現在確實是有些緊張，精神力觸手密不透風地抱著自己。

謝警官也發現馮艾保身邊不是先前那位嚮導，而是個非常年輕的，彷彿還沒成年的小嚮導，心裡有些遲疑，但沒有真的提出疑問，帶著兩人走進屋子裡去。

這是個老式獨棟建築，但屋內已經大肆改裝過，走的是當前流行的無隔間空間，一眼看去客廳、廚房、餐廳沒有明確的空間區隔，視野非常開闊，家具也都是精挑細選的，看得出主人家的用心。

原本，這應該會是個令人舒適的空間，原本。

饒是蘇小雅已經做好自認為足夠的心理準備，但在看清楚現場狀況的一瞬間，他深深察覺到自己想法有多不成熟。

寬敞的空間裡，大概是客廳的位置，一具男屍吊在半空中，也不知是風還是其他什麼原因，正微微擺動著，嘰嘎嘰嘎嘰嘎……

男屍腳下有一把被踢倒的椅子，椅子旁邊是一張大茶几，上頭仰躺著一個女性，女性的表情很微妙，嘴角似乎帶著笑，蘇小雅不確定自己是不是看錯了。

女人自然也是一具屍體，她雙目安然地閉著，眼尾有一抹血痕蜿蜒進髮鬢中，雙手平放在自己的小腹上，雙腿從茶几邊緣往下僵直地垂著，已經完全失去血色，宛如蠟雕。

在兩具屍體的不遠處，是一個放著不少家庭合影的櫃子，櫃子正中央的位置，有一個經常在生物教室之類的地方看見，泡著標本的玻璃瓶，裡頭灌滿了液體，有個令蘇小雅頭皮發麻、心跳失速、幾乎失語的物體漂浮其中。

馮艾保也沒說話，但他剝了一根棒棒糖放嘴裡，蘇小雅也被塞了一根，他猛地抽搐了下，抬眼看向哨兵，甚至都忘記把棒棒糖拿走，含糊問：「那個玻璃瓶裡的，是胎兒嗎？」

「是。」馮艾保看了他一眼，一個簡單的音節，沉重得讓人招架不住。

得到答案的蘇小雅瞬間停止了呼吸，按著自己的胸膛，半天回不了神，直到因為缺氧胸口疼痛，他才小心翼翼地呼了幾口氣，腦子還是嗡嗡響著，怎麼樣都無法把視線從那個標本罐移開。

要說血腥，這次的現場還不如先前卜東延吐血後留下的痕跡慘烈，甚至如果不是男主人的屍體就懸掛在客廳中央，乍看之下可能都不會意識到這是個犯罪現場。

但只要看仔細了，就會令人感到難以言述的恐怖與沉重的心理壓力。

就連向來在犯罪現場都懶懶散散，一副天塌下來了也有高的人頂著那種悠哉感的馮艾保，都挺直了背脊，難得露出嚴肅的表情，這樣倒反而讓蘇小雅冷靜了一些。

「謝警官，請問已經確定受害者的身分了嗎？」馮艾保接管了現場，但也沒有對安華區的刑警表現出高高在上的討人厭嘴臉。

「確定了，受害者是房子的持有人夫妻，男死者叫向英明，是個低階哨兵，他妻子叫趙怡倩是個低階嚮導，他們兩年前結婚，這間屋子原本屬於黎安太太，也就是第一發現者，原本是準備給自己孫女的婚房，但小倆口後來調職到篁林市去了，也在該地置產，所以這間屋子就空下來。黎安太太一個老人家照顧不了兩套房子，乾脆出售。」謝警官解釋，在微型電腦上操作一番，寄了資料給馮艾保及蘇小雅。

馮艾保不急著看，但用眼神示意蘇小雅先大略翻閱一下謝警官給了什麼東西。

「第一發現人跟報案人呢？」

「黎安太太年紀大了，受到太大的驚嚇，我們先讓她回家去休息，等問完話就可以讓她去醫院就診，你有話想問她嗎？」謝警官做事非常有條理，就算面對馮艾保，也沒有普通人面對哨兵時會有的些許緊張。

蘇小雅好奇地打量了中年男人幾眼，心想難怪對方能在哨兵嚮導為主的警界，以普通人的身分做到地區刑事組的組長，能力肯定極為出眾。

「方便嗎？」馮艾保在看到櫃子上玻璃瓶的胎兒後，就幾乎不怎麼關注現場了，也沒去找汪法醫了解屍體狀況。

「沒問題的，我帶你過去。」謝一恆也就是謝警官看了眼蘇小雅。「這位嚮導先生，你要一起過去嗎？」

「我姓蘇，謝警官可以叫我小蘇就好。」蘇小雅連忙介紹自己，接著搖頭回應謝警官的詢問：「我就不跟過去了，留下看看有什麼線索。」

聞言，謝警官露出一言難盡的苦笑，卻也沒多說什麼，只低聲回了句：「年輕人多在現場看看也是好的。那，馮警官，這邊請。」

馮艾保離開前看了眼蘇小雅，雖然臉被墨鏡遮擋著，但蘇小雅可以感受到對方的讚許，心情也稍微好了些。

等兩人都離開了，犯罪現場裡就剩下中央警察署的人，蘇小雅已經見過汪法醫幾次，算得上熟人，便走過去打聲招呼。

「馮艾保要你留下來的？」汪法醫低著頭在紙上畫畫寫寫，隨口問。

蘇小雅聳聳肩，馮艾保是沒有明說，但差不多是這個意思，離去前的那個眼神也是同樣的意思。

「男死者大約死亡了十二小時，待會兒就可以把人放下來了。」汪法醫用筆指了下掛在客廳頂燈上的男主人，搖晃的聲音已經停了，也許先前那嘰嘎嘰嘎的聲音源自於基礎驗屍時的移動。

「那女死者呢？」既然特意分開說，可見男女死者的死亡時間差異有些大。

「女死者大概死了十三到十四小時，她的死法……」汪法醫遲疑了下，抬頭看了眼睜著無辜大眼，滿臉膠原蛋白的小嚮導。「你做好心理準備了嗎？」

「嗯。」蘇小雅乖乖點頭，他知道汪法醫總把自己當成未成年的孩子，加上哨兵對嚮導天生的保護欲，雖然有點尷尬但也不至於討厭人家關心自己。

觀察了蘇小雅一會兒，確認沒在青年神情裡看到逞強，汪法醫才道：「過來吧，讓你看點東西。」

兩人來到茶几邊，女死者的手交叉擺放在小腹上，看起來很安詳，彷彿睡著了一般，只有蠟白泛灰青的膚色可以證明她早已經喪失生命多時。

靠得近了，蘇小雅立即發顯屍體的狀況不對勁。

「她的手……角度好像不太對，是不是太低了？」蘇小雅遲疑的詢問汪法醫。

女屍身上穿著一件洋裝，白底亞麻料子上面有青色的花朵圖樣，剪裁看起來頗復古，有種上世紀七〇、八〇年代的味道，洋裝還算合身，腰身部分很明顯，往下是散開的裙襬。

一般來說，人如果躺著，且把雙手放在小腹位置，那手掌的位置會比水平面略高，畢竟手掌是有厚度的。但現在，眼前的女屍手掌卻比水平面略低，彷彿稍稍陷進身體裡了。

蘇小雅猛地想到什麼，朝一旁櫃子上的玻璃瓶瞥了眼，不可置信地回頭看向神色平靜的汪法醫。

見小嚮導反應過來了，汪法醫點點頭，他沒有動屍體的手，但因為洋裝是前排扣，先前驗屍已經解開幾個扣子，他用筆頭略略撩起布料，露出裡頭慘白的肌肉層，及空了一塊的小腹。

女屍的子宮被整個挖掉了，且犯人洗乾淨了女屍身上的所有血跡，導致肌肉看起來慘白得不真實。

蘇小雅控制不住地倒抽了口涼氣，喉嚨乾澀得幾乎說不出話，他吞了幾口唾沫才澀然問：「所以，犯人殺了女死者後，挖了她的子宮，把胎兒泡進福馬林裡，然後還幫女死者梳洗打扮？」

汪法醫看了小嚮導一眼，語氣平靜地道：「不是殺死女死者後挖子宮，他是活生生挖了女死者的子宮。」

蘇小雅看著汪法醫的眼神悚然，簡直不敢相信自己聽到的消息。什麼叫做

「活生生地挖掉子宮」？

汪法醫沒有過多解釋，語氣平緩地繼續道：「更多的細節或線索要等之後的詳細屍檢才會知道，不過……這次事件假如真的是我們猜測的那個案子，我大概也能預料到屍檢結果了。」

「我們猜測的案子？」蘇小雅回想起剛見到謝警官時，對方的情緒也很不同尋常，與其說是看到慘案的憤怒，更多的是一種無力感。

馮艾保的表現也很奇怪，依照他往日的習慣，應該會仔細檢查整個犯罪現場找尋線索，但剛剛他卻更關注第一發現者，如今再對照汪法醫的說法，一個猜測浮現在蘇小雅腦中。

「類似的案子……以前發生過？」而且可能已經發生過很多次了。

「嗯。」汪法醫點頭確認了蘇小雅的疑問。「你剛入職，所以大概不太清楚詳情，但這個案子幾年前有被媒體報導過，雖然細節沒被報導出去，不過那個記者把凶手稱之為搖籃曲殺手。」語尾，汪法醫厭煩地撇撇嘴，情緒裡流瀉出對記者及綽號的厭惡。

聽到搖籃曲殺手這個綽號，蘇小雅立刻回想起自己曾看過的一篇報導。

大概是他國三或剛上高中那時候吧！距今也三年多了，班上同學有一陣子很愛看某間八卦雜誌社的雜誌，該雜誌社除了明星名人政治人物的八卦外，還有個疑案專欄，總是報導一些未經證實的疑案，蘇小雅那時候年輕好奇，也會跟著朋友看這個專欄，與其說是案件報導，更像是懸疑犯罪小說。

搖籃曲殺手就整整連載了八篇，看得人意猶未盡。

大致是說，有個神祕連環殺手讓警方很頭痛，他的殺害對象都是低階哨兵與嚮導組合的夫妻，這對夫妻通常年輕恩愛，剛購買了屬於自己的房子不久，並且懷上了期待已久的孩子。

殺手會趁著丈夫工作或外出，家裡只有太太的時候，潛入家中，殺害太太並剖出胎兒，把胎兒泡進福馬林裡製成標本，連同太太的屍體一起放在丈夫回家就能看到的地方，等丈夫受到驚嚇時他就會從暗處出手殺害丈夫，再將丈夫偽裝成上吊自殺，營造出丈夫殺害妻子孩子，最後負罪自殺的假象。

之所以叫搖籃曲殺手，是因為每次凶手清理完現場要離開前，都會循環播放搖籃曲《寶寶睡》，第一發現者都是被搖籃曲吸引，好奇為什麼隔壁鄰居把音樂放得這麼大聲還一直循環，最終被眼前的慘案嚇破膽子。

那篇報導評論到：『警方的顢頇讓這樣殘酷的案子發生了七次，每個案子的間隔時間都是半年，橫跨首都圈及兩個衛星都市七個不同地區，卻依然無法抓到真凶。這樣無所作為的廢物警察，真的是我們人民需要的嗎？這種公僕，難道不應該受全民指責嗎？』

可以說是煽動性十足了，班上的同學都是嚮導，不少人家裡父母長輩就在警界工作，還特別回家詢問大人這個案件的真實性，聽說都被隨便打發了，罵他們不應該看些亂七八糟的小道消息還當真。

但如今看來，那篇報導也許有很多加油添醋，但基本梗概卻並非編造。

那本八卦雜誌至今都還在發行，銷量不說全國第一，也肯定有第二名，另外疑案專欄至今也仍然活躍，只不過內容越來越獵奇到連小朋友都不太可能相信案子是真的了。

「我以前以為這個案子是杜撰的……」蘇小雅現在正在讀過往案件的檔案資

料，但因為中央檢察署資料庫收納的案件實在太多，他才剛看完最近一年半的案子，也因此還不知道這位搖籃曲殺手的事蹟。

「很可惜不是……」汪法醫嘆口氣，將女死者身上的衣物拉好，助手已經過來準備將兩位死者裝袋送回驗屍間去了。「案件詳情你再跟馮艾保問問吧，局裡的資料庫裡也有相關資料，希望這次你們能逮到凶手。」

交代完，汪法醫收拾好自己的東西，跟兩具屍體及裝胎兒的玻璃瓶一起離開了。

明明屋子裡還有正在忙碌的鑑識科人員，但蘇小雅卻覺得涼颼颼的，從背脊直涼到心底，他連忙離開客廳的範圍，站在連接玄關的走道邊看著寬敞的生活空間發愣。

「怎麼了？」熟悉的聲音及氣息從身後傳來，驅散了小嚮導的惶然，他晃了下腦袋，一轉頭就看到含著棒棒糖的馮艾保。

「問完話了？」

「問完了。」

屋子的原因。」

「是聽到《寶寶睡》的音樂所以才來查看狀況嗎？」問的是黎恩太太出現在

「哈哈，不是。」馮艾保摘掉墨鏡，彎著眼彷彿在笑，但蘇小雅知道他沒有。「汪學長跟你提到那篇報導了？《搖籃曲殺手》。」

「對，我國三或高一的時候有看過那篇報導。」蘇小雅主動朝馮艾保靠近了一點，這樣比較不覺得心裡發冷。「所以沒有播放音樂？」

「這倒是有，但從來不是搖籃曲。是《我的家庭真可愛組曲》，演唱者是一個你應該不知道的老歌手……嗯，你稍微等我一下。」馮艾保咬了幾下把剩餘的糖果嚼碎，雙眼跟蘇小雅一樣盯著還殘留著生活氣息，卻已經冰冷的空間目光不知道在搜尋什麼。

一會兒後，哨兵的視線定在某樣物品上，徑直走了過去，蘇小雅也連忙跟上前，兩人最後停在音樂播放器前面。

馮艾保戴著手套的手毫不遲疑地開啟音響，在一陣輕微的沙沙聲後，熟悉的童趣曲調從音箱裡傳出，聲音不大音質也不好，女歌手微微嘶啞卻很溫柔的歌聲慢悠悠地迴盪在昏暗的空間裡，蘇小雅背脊發冷，控制不住地抖了抖。

還在屋子裡的人都同時停下手上的動作，僵硬地把目光投向發出聲音的音箱，明明有這麼多人，共同聽著大家從幼稚園就熟悉的旋律，現場的氣氛卻比停屍間還要冷凝。

馮艾保沒讓音樂播放太久，很快關掉了音響，其他人也若無其事地回到自己的工作上，彷彿剛才那段音樂未曾響起過。

「走吧。」馮艾保低頭看了眼臉色發白的小嚮導，輕輕嘆了口氣。

蘇小雅的心理確實受到一定的影響，但他努力用精神力安慰自己，開口問馮艾保：「汪法醫要我問你這是個什麼樣的案子。」

「我們回去路上說吧……唉，明明三年多沒發生了……」馮艾保搔搔頭，掛上墨鏡轉身往屋外走，蘇小雅連忙跟上去。

剛出屋子，一陣閃光燈啪啪啪照在兩人身上，馮艾保愣了下立刻反應過來，拉著蘇小雅往旁邊躲開，渾身氣勢猛然一凜，小嚮導的精神力觸手像被割到一樣痛麻得迅速縮回精神圖景中躲了起來。

「唷！這不是馮警官嗎？好久不見啊！這次是你負責這個案子嗎？」閃光燈停下後，總算能看清楚鏡頭後面的人是誰了，是個邋遢的中年男子，五官很端正但臉上的笑容讓人不舒服，很放肆，彷彿不懷好意地在探查什麼。

馮艾保看了對方一眼，什麼話也沒回應，拉著蘇小雅就離開。

「喂！馮警官！搖籃曲殺手是不是又犯案了！喂！」男人也不介意被忽視，拉高了聲音呼喊，聲音傳得很遠，恨不得整個社區都聽到似的。

馮艾保還是不理會，直接上了車把男人的聲音隔絕在車外，轟地發動車子揚長而去。

男人在兩人離開後也不再繼續喊叫，嘖了一聲。「囂張什麼，臭小鬼。」用力將腳前的小石頭狠狠踢遠。

「那個人是誰？」蘇小雅還不敢把精神力觸手再次放出來，但依然可以本能感受到馮艾保的不悅，已經接近厭惡跟憤怒，在哨兵凌厲氣勢的加乘下，讓小嚮導的皮膚都彷彿能感覺得被刮傷般的刺麻。

可見那個中年男人不是好東西。

「『犯罪疑案追擊』這個專欄的主筆記者，你應該知道。」馮艾保瞄了蘇小雅一眼。「最愛幫我們的殺手取綽號，前陣子卜東延那個案子，他就幫秦夏笙定了個名媛黑寡婦的暱稱，品味怎麼說……嘖嘖嘖。」

名媛黑寡婦？蘇小雅皺起眉頭，他至今依然無法對秦夏笙的作為興起什麼指責的心理，同情還是居多的，也就更不喜歡這個暱稱了。

「所以搖籃曲殺手的綽號也是他給的？」蘇小雅問。

「對。」馮艾保搔搔臉頰，一手握著方向盤，一手則懶懶地橫放在方向盤上，有氣無力道：「我們都不知道消息是誰給的，這個案子本身並沒有對外聲張，配合的媒體也都簽了保密協定，畢竟連續殺人案報導出去，很容易引起恐慌。再加上一開始，其實我們也沒意識到是連續殺人案。」

「怎麼說？」蘇小雅不想把時間浪費在一個唯恐天下不亂的記者身上，那種人跟鬣狗一樣，嗅聞到腐肉的味道就會蜂擁而上，渾然不顧及生者未來的生活與心情。

這也是他為何後來不再繼續看那本雜誌跟專欄的原因，他還記得也許是《搖籃曲殺手》的成功，讓雜誌跟專欄主筆食髓知味，後面的案情描述就越來越詳細到彷彿記者本人就是目擊證人，因為實在太有代入感，後面有個案子講到母親殺孩子卻假裝孩子被郊狼叼走殺害，繪聲繪影寫到母親的殘酷，如何對才四個月大的嬰兒動手，後面又如何對社會大眾裝無辜等等等等，搞得案件中的家庭四分五裂，那位母親最後輕生。

但實際上，這個案子在當初尚在偵查中，母親確實有嫌疑，但父親的嫌疑其實更大，另外被列為參考人跟嫌疑人的還有父親的情婦三人、情婦所生的子女兩人、父親的兄弟姊妹四人以及一個暗戀母親的跟蹤狂。

最令人厭惡的是，母親輕生後並沒有死亡，而是成為了植物人，並且在遺憾發生後三個月，警方宣告案件偵破，小孩確實是被郊狼叼走，父母及所有嫌疑犯都是無辜的，這只是件各種陰錯陽差下發生的意外。

雜誌自然沒有道歉，他們很懂得卸責，特別是犯罪疑案追擊專欄的主筆，甚至藉此寫了一篇文章狠狠痛罵了警方一頓，將警方塑造成這一切遺憾的主要負責人，而記者們只是基於道德，監督警方行為，母親能自殺成功，難道不是警方保護不力嗎？如果沒有記者的揭發，警方有可能只花三個月就破案嗎？大家都不希望再看到遺憾發生，所以警方必須剪除顢頇無能的部門，建立起更有效率的工作品質才對。

怎麼說呢，蘇小雅是有看到這篇聲明的，這篇文章裡的理論看似正確，可處處都透露著彆扭，他那時候年紀還小，每天光關注自己的能力運用問題就累得要死，乾脆放棄繼續閱讀這本雜誌跟專欄。

如今他自己成為了警察的一員，還是中央警察署的重案組刑警，回想起這篇聲明時，有種自己吞了一千隻蒼蠅的噁心感，汪法醫跟馮艾保的感受應該更深吧？難怪兩人提起搖籃曲殺手的時候，情緒都特別不爽。

剛好是個紅綠燈，這是個很大的路口，記憶中這個紅燈有將近三分鐘。馮艾保半靠在方向盤上，沒有握方向盤的那隻手摀在嘴邊，似乎是在整理思緒，蘇小雅乖乖地等著沒有催促。

等紅燈倒數剩下二十秒的時候，馮艾保才挺起身體，有節奏地敲了敲方向盤。「這個案子比那篇報導寫得要嚴重很多，但之所以沒有對外公布是因為，如果你把案子拉長到二十年的時間去看，每年比它急迫的案子要多得多。」

「二十年？」蘇小雅今年才十八歲，這個案子的跨度比他年紀都大啊！

「嚴格說是二十三年十一個月又五天。」明明是溫柔平靜的語氣，跟馮艾保過往說話的方式一樣，蘇小雅的寒毛卻從尾椎一路豎到了髮頂，啞然地看著哨兵專注開車的側臉。

他沒問為什麼馮艾保能把時間說得這麼精確，而是沉默地等待對方繼續往下說。

馮艾保嘆口氣，手指又在方向盤上敲了敲，過了一會兒才開口：「接近二十四年前，差不多也是這個時節，在首都圈的紅林區某個中產階級聚集住宅區，某一棟屋子裡，傳來斷斷續續的音樂聲，已經響了超過八個小時，據目擊證詞表示，因為這是個中產小家庭聚集的地區，往往是雙薪家庭，白天社區裡的人很少，所以音樂到底響了多久沒人知道，只確定隔壁鄰居聽到了八小時，直到受不了過去敲門，才發現鄰居夫妻陳屍家中，他們連忙報警。」

那算是這整起案子的起頭，可當時誰都沒料到這個結果。

死者是一對低階哨兵嚮導結合的夫妻，感情非常好，與鄰居的相處也很友善，平常也不缺席社區聯誼活動，甚至因為太太是家庭主婦，所以還是社區活動裡的活躍分子，算得上是社區名人。

也因此，大家都知道太太剛懷孕大概五個多月。夫妻兩人結婚四五年了，這是第一個孩子，都非常興奮，甚至還辦了個揭露寶寶性別的派對，左鄰右舍都有去參加，大概是案件發生前一週舉辦的。

「當時的現場跟我們今天看到的不完全一樣，首先胎兒沒有被挖出母體，再來家裡有明顯的打鬥痕跡，並且還找到了不屬於受害者的血跡，推測應該是凶手留下來沒有擦乾淨的血跡，丈夫也並未被偽造成自殺，但確實是死於扼殺，用的是太太的絲襪，而太太比先生早過世了兩個多小時，死因是重物敲擊導致的腦內出血。」馮艾保解釋。

也因為有找到疑似犯人的血跡，所以當初大家覺得案子應該很容易就可以偵破了，畢竟這個年代幾乎每個人的ＤＮＡ都有建檔，就算真的找到一個沒建檔的ＤＮＡ，要二次排查也沒這麼難。

但就是這麼理所當然又簡單的檢測，卻出了大問題。

「ＤＮＡ報告結果出來了，也找到擁有者是誰，但這個人卻也絕對不可能是凶手……應該說，這個人的血跡都不該出現在現場。」馮艾保側頭看了眼蘇小雅，笑問：「你猜是為什麼？」

「該不會……那個ＤＮＡ的主人，已經過世了？」

「對，小眉頭加十分。」馮艾保很捧場地用空著的手拍了拍手臂當作鼓掌，收到小響導的白眼。

這又不是什麼很難推測的結論，蘇小雅覺得這不像讚美，更像諷刺好嗎？真是的！

馮艾保也不逗小朋友了，接著說：「如你所說，ＤＮＡ的擁有者已經死亡，而且已經下葬了，還好遺物沒有整理完，梳子上還有兩三根帶毛囊的毛髮，讓我們可以複查一次比對結果。很可惜，ＤＮＡ確實一模一樣。」

「會不是會是他有捐贈骨髓給別人？然後是那個人犯下這樁案子？」蘇小雅猜測。

馮艾保這次真心誠意地讚美。「小眉頭再加十分，哪天湊齊了五百分可以跟哥哥換棒棒糖喔！」

不用，謝謝！

蘇小雅從口袋裡摸出之前在現場被馮艾保塞進嘴裡的棒棒糖，已經吃完剩下一根紙棍子，上面還有屬於他的小小牙印，對哨兵搖晃了下。

意思是他不屑湊齊五百分，反正棒棒糖隨時有得吃。

「所以有找到那個人嗎？大叔。」對，不是哥哥，馮艾保別想趁機調換稱呼，他是不會買單的。

笑睨了小嚮導一眼，馮艾保很快端正起表情回答：「很不幸的，沒有。那位DNA的原始擁有者，這輩子沒有捐贈過身體的任何一個部位，加上他是死於嚴重車禍，被燒成了焦炭，所以連眼角膜都沒得捐了。」

「被燒成焦炭？」蘇小雅眉尾一挑。

「我知道你想說什麼，但很可惜，從骨灰做的粒線體檢測可以確定與母親的血緣關係，而那位母親所生的孩子都能找到人，不存在私生子，所以線索到這裡完全斷了。我們找不到任何嫌疑人，犯罪現場除了那些殘留的血跡外，沒有任何指紋、毛髮、皮屑，妻子的絲襪上只找到了手套痕跡。」

這時候只能清查夫妻兩人的人際關係了，但經過幾個月的搜查，這對夫妻的人際關係很單純，沒有與任何人結怨，身邊也無人在推測的死亡時間前後有不明動向，等於這個凶手與受害者完完全全是陌生人，生活中完全沒有一絲一毫的交集。

「事情到了這種地步，也只能被列為疑案，暫時封存起來。」馮艾保嘆口氣，誠然不是每個案子都能被偵破，但每次出現無法偵破的疑案時，警方的信心跟士氣多少會受到影響。

「第二個案子是在一年又一個月後的碧江區，也是個中產階級為主的社區，同樣是因為持續播放的音樂引起鄰居的注意，但對方沒有上門要求鄰居關音樂，是直接報警了。警方到目的地的時候敲門、按門鈴都沒有得到回應，後來發現房門並未上鎖，推門進去後就看到男主人上吊的一幕。和你今天看到的狀況類似，差別在於胎兒是被引產出來，女主人的屍體狀態不是很好看，被粗魯的傷害過，推測凶手是直接徒手從陰道進去揪出胎兒的。」

無倫馮艾保的聲音多好聽，蘇小雅還是被他嘴裡殘酷的描述給弄得抖了抖，小臉微微蒼白。

「不過胎兒是在女主人死後才被拉出來的，算是……不幸中的大幸吧。」馮艾保自嘲地笑了笑。

對比今天從汪法醫嘴裡聽到的訊息，蘇小雅苦澀地點頭贊成。

死者一樣是低階哨兵與嚮導的結合伴侶，女方也是家庭主婦，兩人結婚約三年，懷上的是第一個孩子。他們與鄰居不至於冷淡，卻也不太熟悉，妻子比丈夫早死亡了三小時，家裡沒有明顯的打鬥痕跡，也沒有外來入侵者存在過的跡象，於是被認定為丈夫殺妻後自殺的案子。

至於為什麼丈夫死前要放音樂，放的還是《我的家庭真可愛組曲》，碧江區的刑警並沒有深究，畢竟丈夫都瘋到殺妻還要凌虐屍體，連自己的孩子也不放過了，自殺前有什麼奇怪舉動都合理。

案子一年一年，在不同區域發生，直到第七個案子發生後，才有人把先前的案子都找出來，發現其中的關聯性。

因為，第七個案子巧或說不巧，又回到了紅林區，發生在離第一件案子不遠的另一個社區。

「察覺案件有關聯的人，就是今天你見到的那位謝警官。」馮艾保的手指在方向盤的皮革上敲出一段節奏，從後視鏡瞥了眼身邊的小嚮導說：「這大概就是命運吧！第一案發生的時候，謝警官剛調到紅林區不久，也參與了調查工作，那時候他剛成為刑警不久，這也是他的第一個案子，所以即使後來案件被塵封，他仍時不時會拿出來檢閱，希望可以找到當年沒發現的線索。」

這也解釋了為什麼謝警官的情緒那麼無力，蘇小雅感同身受了一下，這起碼是謝警官第三次看到相同的凶案現場，如果換成他自己，說不定會對自己的警察生涯產生疑惑，再也無法振作也不一定。

「這個案子集齊了幾個很棘手的元素。」馮艾保察覺小嚮導似乎又有些過度共情了，狀似不經意地用一句話勾起他的注意力。

果然，小嚮導聞言就側過頭專注地凝視著他，乖乖等著馮艾保繼續往下說，哨兵忍不住伸手揉了下對方柔軟的髮頂。

蘇小雅被揉得莫名其妙，卻也沒有甩開馮艾保的手，就是皺了下眉頭。

「首先，這個凶手的目標非常明確，動機也非常明確。他的目標都是低階哨兵嚮導夫妻，妻子懷孕在五個月左右，差不多是現行法規無條件墮胎的極限值。手法也很明確，丈夫一定死於上吊，妻子則是死於鈍物敲擊的顱內出血，倒是取出胎兒這一點是他一直在完善的手法，前七案都在死後才取出胎兒，但從第八案開始，就是活體剖出來了。也是基於這點，我們認為他還在學習成長，可能……目前還沒達到他心目中的完美景象。」

說到這裡，馮艾保的表情也顯得很苦澀，蘇小雅平時很難感受到馮艾保的情緒，但他確定自己剛剛感受到一閃而逝的挫敗感與憤怒。

不過，感受到這種情緒又怎樣？蘇小雅有點鬱悶，他知道自己在馮艾保講述案情時分心想其他無關緊要的小事非常失禮，但他就是忍不住分出兩三分腦力在馮艾保的情緒上……這種時候，是個人都會挫敗與憤怒，太理所當然了，他好不容易才感知到馮艾保的情緒，就不能來點特別的嗎？

話又說回來，馮艾保是怎麼在嚮導面前隱瞞情緒的？他們兩人因結合熱上床那天，仔細回想的話，他也完全沒能感知到馮艾保任何一丁點的情緒，更遑論想法了。

他們的匹配度可是97．235％，要知道從哨兵嚮導出現的那一秒開始，整個歷史上就不存在匹配度百分百這種神話故事，能上90％都算少數案例了，像他們這麼高的匹配度，根本足以在哨兵嚮導史上留下濃墨重彩的一筆——當然，蘇小雅完全沒這個意思，他半點沒把這個匹配度放心上，因為他根本沒對馮艾保一見鍾情。

「蘇小雅？」馮艾保突然拉高聲音叫了小嚮導的名字，他很少直接叫蘇小雅全名，青年猛地回過神，表情很無辜地對年長的哨兵眨眨眼。

「幹嘛？」他才沒有不專心。

馮艾保對他挑了下眉，壞心眼地問：「我剛剛說了什麼？方不方便復述一下？」

蘇小雅白了他一眼，告訴自己要穩住。「你說，這次案子的凶手還在成長，目前很可能還沒有達到他心目中的完美圖景。再來，他的控制力很強，每年在固定時間犯案，當然通常連環殺人犯的每次犯案，都是自己某個生命經歷的補償及重複，不排除有精神疾病或者腦病變的關係，可是這位……」

小嚮導卡了下，他不知道怎麼稱呼這個連環殺人犯，總不能用什麼搖籃曲殺手這個暱稱吧？

「AT2380。」馮艾保很好心地提供答案。「這是他在警局中的檔案編號，你去資料庫的時候找這個編號就可以看到所有案情資料了。」

「他的編號還滿前面的……」蘇小雅咕噥，他現在還搞不清楚編號的機制是什麼，但那不是現在的重點，於是接著說：「這位AT2380有精神疾病或腦病變的可能性很低，他的控制力強悍，成長曲線也驚人，側寫員認為應該是高智商且有反社會人格特質的人，並且應該是個中階左右的哨兵，一方面複製自己內心的圖景，一方面享受掌握他人生命的快感，所以才會故意錯開殺害一家人的時間，等於讓母親看著孩子身亡，讓丈夫看見妻子孩子的死亡，這一切都讓他樂此不疲。」

這麼一總結蘇小雅不禁毛骨悚然，隨著殺人手法的升級，代表AT2380已經越來越無法滿足原本的殺戮行為，他需要更強烈的刺激，才能維持住自己的興奮感。

這跟嗑藥很像，只不過他的藥物是三條人命。在動手的時候，還有排布內心圖景最後播放音樂時，他會得到無比的歡愉與滿足，但延續的時間在逐步減少，他會一次比一次快速進入滿足過後的嚴重失落感。

這也是為什麼到最後連環殺人犯的犯案間隔會越來越短，甚至多數人在後期會陷入完全的暴力中，不再那麼謹慎仔細，最終露出破綻被警方抓到。

但，這也只是「多數人」。歷史上也不乏從頭到尾冷靜自持的連環殺人犯，而這些人無一例外都會是犯罪史上的重要角色，往往無人知曉他們的真實姓名。

AT2380九成就是這種類型的連環殺人犯。

所以馮艾保才會覺得棘手，特別是時隔三年再次犯案這點，更讓哨兵肉眼可見地煩躁不已。

「有沒有可能，他因為其他犯罪行為被關入監獄？或者他生病了？或者他出國了？」蘇小雅遲疑了片刻，小心翼翼探出精神力觸手，碰了碰馮艾保的太陽穴。

馮艾保側頭看了他眼，小嚮導臉一紅就要收回精神力觸手，哨兵卻歪著腦袋蹭了下那條柔軟、謹慎、藏不住害臊的精神力觸手。

蘇小雅的耳垂瞬間就紅透了，但他沒有收回自己的精神力，擺出一副鎮定的模樣疏導哨兵的情緒。

過了兩個路口，小嚮導感覺哨兵的煩躁已經平復了許多，才又接著問：「你覺得呢？」

「不能排除你說的那些可能性，但我覺得可能性不高。」馮艾保沒打太極拳，爽快地給了答案。「他這次的犯案手法又升級了，你回推十六小時，是什麼時間？」

現在是還不到下午四點，往前推十四到十六小時，大約是凌晨零時左右，案發社區以白領中產階層為主，那個時間段多數家庭已經入睡，社區裡應該是非常安靜的，聲音會被放大很多，更別說案發現場的隔壁住的是睡眠很淺，容易被驚醒的老太太，凶手卻選擇在這種時間段行凶，這側面說明……行凶過程中，身為嚮導的妻子完全沒有反抗力之餘，也沒有發出任何慘叫求助。

怎麼想都不可能。

「你說，會不會是妻子先被迷暈了，所以沒有反抗？」

「不，重點不是他有沒有迷暈妻子，重點在於他享受這種有可能被發現的刺激感，他的自信非常強烈，過去那種在相對人少的時間犯案的行為已經給不了他足夠的刺激了。先前，他的犯案時間多半在近午或午後，正好是社區中居民相對較少的時間。」馮艾保將車子滑進警局旁的停車格裡，轉頭認真地看著蘇小雅道：「小眉頭，你要做好心理準備，這可能會是你人生中最嚴重的一次挫敗。」

蘇小雅愣了愣，皺眉問：「你不認為我們可以找到凶手嗎？」

「我不知道。但我懷疑，鑑識科可能找不到什麼有用的線索。」馮艾保摸出了菸盒，在掌心敲著。「ＡＴ２３８０隔了三年才又犯案，我不認為他這三年是因為意外停止犯罪行為，更可能的是他在累積自己的期待感。」

「累積期待感？」蘇小雅淡淡地重複，不可置信。

馮艾保叼上一根菸，按開了車窗，點上了火，深深吸了一口菸，讓淺淡的尼古丁在胸腔轉了一圈後，緩緩對外吐出淡白的煙霧。

「就看，他這次有沒有能力控制自己一年殺一次人的頻率了。」

蘇小雅聽懂哨兵的意思。如果AT2380控制住了，他們這次大概率還是無法抓到凶手。但如果凶手累積的期待值太高，超過他能夠控制的閾值，那就有可能短時間內再次犯案，也就增加了他們的破案機率。

可是……蘇小雅臉色蒼白，努力消化自己理解的意思，但幾分鐘後還是忍不住了。「可是，這樣不就代表有無辜的生命要被犧牲了嗎？」

「對，我不能否認。」馮艾保側著頭對窗外抽菸，他姿勢閒散，語氣冷靜得讓蘇小雅背脊發涼，尤其是他吐完菸回頭笑了一下時。

「我不能接受……」蘇小雅皺起一張小臉搖頭，他突然回想起「犯罪疑案追擊」主筆寫的那篇聲明。

『顢頇無能的警方，是導致被當成嫌疑犯母親自殺的原因……』

「你知道『有軌電車難題』嗎？」馮艾保又抽了一口菸，側過頭慢吞吞地把問題與菸霧一起吐出車外。

蘇小雅點點頭，這是非常有名的一個倫理學思考實驗。問題的其中一個版本大概是這樣的。「一輛失控的列車在鐵軌上行駛。在列車正行進的軌道上，有五個人被綁起來，無法動彈。列車將要碾壓過他們。你站在改變列車軌道的操縱杆旁。如果拉動此杆，則列車將切換到另一條軌道上。但是，另一條軌道上也有一個人被綁著。你有兩種選擇：一、什麼也不做，讓列車按照正常路線碾壓過這五個人。二、拉下操縱杆，改變為另一條軌道，使列車壓過另一條軌道上的那個人。你會如何選擇？」

當然，這個難題隨著時代出現非常多變體，也有非常多著作在探討這個難題，然而之所以這個難題歷久彌新，就是因為能運用、探討跟變化的方向太多了。

就如同現在，蘇小雅猝不及防被問了，他瞬間理解馮艾保的意思。

一個持續犯罪近二十四年的連環殺人犯就是那輛火車，你明明看他衝過來了，但你現在眼前只有兩條路：讓他繼續逍遙法外，賭一個將來也許能將人繩之以法的可能性，或者讓他短時間內犯案出現破綻，盡量在最短的時間內找到凶手。

兩個選擇都有嚴重瑕疵，然而他們卻沒有第三條選擇……不！蘇小雅搖搖頭，覺得自己被馮艾保帶入了思考上的歧途。

「我覺得，我們可以在火車壓到人之前，想辦法停下這輛車。」蘇小雅冷靜但堅定地回答：「現在的火車都有緊急煞停機制，也許可以在火車壓到人之前把車停下。」

「就算火車會出軌翻覆？」馮艾保冷不防反問。

「對，就算火車會出軌翻覆。」蘇小雅一個字一個字，清楚且冷酷地道：「他自己煞不了車，也只能承擔自己造成的責任了。」

馮艾保吸了最後一口菸，深深地含在胸口好一陣子，才一點一點窗外吐，最後把菸屁股捻熄在攜帶式菸灰缸裡。

第四章　翻覆或加速是個好問題

到底同不同意蘇小雅的意見，馮艾保並沒有做表態，左右屍檢還沒有出來，現場的鑑定報告也還沒有出來，他們現在講的各種方法，都是基於過往的經驗在做探討，不見得可以平移到這次的案子上。

馮艾保對凶手的猜測也只是其中一種可能，只不過他過往在面對案件時的直覺特別敏銳，經常可以發現其他人沒注意到的細節，推測也往往八九不離十，所以蘇小雅還是傾向他猜測得沒錯。

凶手不是因為其他什麼外在因素導致三年多沒犯案，而是因為想累積期待，希望獲得更強烈的刺激，所以才刻意壓制自己的衝動。

那麼，短時間內再次犯案的可能性確實很高。

蘇小雅最後沒能陪馮艾保去回診，哨兵拒絕了他陪同的提議，指著時鐘說：

「都四點多了，我耽誤了時間，不知道等下過去要排多久的隊才能輪到我，今天你先留下來看一些案件資料，我的通行證還在你手上對吧？與AT2380相關的東西都在二重資料庫裡，你刷我的通行證後還要登記，比較麻煩一點，就不要浪費時間陪我了。時間到了準時下班回家吃飯，之後還不知道要忙碌多久。」

蘇小雅皺著臉，目送馮艾保瀟灑地對自己揮揮手，轉身叼著菸離開了。

感覺不對勁……蘇小雅在自己的位置上坐了一會兒，思考他和馮艾保在車裡的一連串對話，有關於案情的也有關於最後那個電車問題的討論。

但即使多花了半小時思考，小嚮導的結論依然沒變，也許馮艾保說得沒錯，可他還是希望能強制讓那台火車停止，就算翻覆也在所不惜。

不過現在的問題就卡在「理想很豐富，現實很骨感」這點上，現實簡直是骨感得營養不良般的皮包骨。

蘇小雅知道，自己如果要跟馮艾保抗衡，就必須找出足以說服哨兵的新線索或證據，對方雖然沒反駁自己也沒多說什麼，還很體貼地告訴他可以去哪裡找案件資料來看，可蘇小雅就是知道，馮艾保一丁點都不會考慮自己提案的可能性。

不由得鼓起臉頰，他心底知道自己是有點天真了，但他真的不願意再看到凶手殺害更多人，更別說還是那麼殘酷的手法。

依照馮艾保所說的，蘇小雅跑去二重資料庫，這個資料庫在地下四樓，鎖著的都是最機密最嚴重的案件資料與證物，證物當然是不能帶出來的，但相片跟文件可以。

電梯門打開後，眼前是一條被白熾燈管照得慘白的走廊，牆壁是藏青色的，地面鋪著灰色地毯，配色很沉穩，但流瀉著令人發寒的冷凝氣息，大概是因為冷氣開得特別強吧？

小嚮導縮起肩膀，拉緊了剛剛準備過來前，被文職人員拉住借給他的薄外套，對方是個約莫三十歲的年輕女士，蘇小雅總是叫她法默姐姐，平時接觸得不多，還很疑惑對方幹嘛把搭在椅背上的針織開襟外套遞給他。

現在他懂了，二重資料庫所在的地方真的太冷了。

走廊並不長，短短的大概才三十公尺左右，放眼所及全都是牆壁，給人的壓迫感非常強。走廊的兩端剛好是電梯門與資料庫入口，一套辦公桌椅就擺在入口旁，坐著一個滿頭花白的老先生，正捧著巨大的茶缸在喝茶。

「您好。」蘇小雅走上去先打招呼，才看到桌上的姓名牌：中村慎夫。

「通行證。」中村老先生瞥了小嚮導一眼，用眼神示意他把通行證放在桌上的感應機上。

蘇小雅連忙拿出馮艾保的通行證跟自己的證件，先讓中村老先生看了自己的名字後，才把通行證放上去嗶了聲。

「馮艾保的通行證？你的證件我再看一眼。」中村老先生雖然年紀大了，卻精神矍鑠，眼神凌厲地盯著小嚮導上下打量。

蘇小雅連忙再次遞出自己的證件，老先生拿過來看了一會兒，才還回去。

「你是馮艾保的新搭檔？」

「是的。」

「這邊，掃一下你的證件做登記，這邊簽個名字。」老先生指了下感應機旁的條碼掃描機，以及另一邊的簽名簿。

蘇小雅乖乖照做，他的字圓圓的，自己看得不太滿意。但他這個年紀的孩子從小到大都沒多少機會拿筆寫字，就算有也多是寫在感應面板上，字體都是電腦字，起碼自己的字沒歪，他想也算勉勉強強吧。

中村先生看了眼，露出一抹短暫的淺笑。「外圓內方，是個麻煩的小孩子。」

蘇小雅茫然不解，但又不好問，只得把疑惑暫時塞進腦海深處。「我現在直接進去嗎？還是有什麼要注意的事項？」

「你要找哪個案子？」也不知道是不是圓圓的字讓中村先生心情好了些，表情沒之前嚴肅又難親近了。

「AT2380。」

隨著這串英文加數字的編號出口，剛才稍微緩和的氣氛瞬間又凝固起來，中村先生拿著茶缸的手頓了下，雖然很快就若無其事地又喝了口茶，但蘇小雅能感知到他的情緒變得尖銳。

「又犯案了？」

「對。」

中村老先生聞言沉默許久，才伸手在眼前的電腦上操作了一番，對蘇小雅交代。「你推門進去後就會看到資料，拿了就出來，不要隨便亂走。我沒有解除其他地方的警報系統，不要給我添麻煩。」

「好。」蘇小雅想到之前中村老先生說自己是個「麻煩的小孩子」，心裡不禁有點彆扭，他一直覺得自己是個乖孩子。

依言推開資料庫的門，有點沉重且非常厚實，蘇小雅花了點力氣，推完後甚至有一點喘。

裡面是一個兩三坪大的空間，中間是個平台，圍繞著牆邊有幾把椅子和矮桌，一樣是白熾燈，在寂靜的空間中發出微微的滋滋聲。

平台上放著五六個紙箱，每個體積還都不小，想想也是，整整二十個案子呢！

蘇小雅看著那些箱子，一時間不知道該怎麼辦才好，他之前竟然沒意識到二十個案子會有多少資料，還想著一個紙箱抱走就行……他完全忘記紙質的資料不比數位資料，體積完全超出他的預估。

不得已，他回到外頭臉色微紅問中村先生：「請問有推車可以借我嗎？」

中村先生看了尷尬的小響導一眼，似乎隱隱笑了，但沒讓小朋友太尷尬，隨手往正對面指了下。

蘇小雅回頭才發現對面不是牆，是一扇隱藏得很好的門，推開來裡頭是些雜物、掃除工具跟推車之類的東西。

小響導推了一台推車出來。「我晚點就推下來還給您。」

「嗯。」中村先生冷淡地回了個單音節。

耗費了一些時間跟功夫，總算把資料運回重案組，時間都逼近五點半了，蘇小雅跌坐在椅子上喘了幾口氣，心想怪不得馮艾保不讓自己陪伴，原來不是什麼鬧脾氣或生他的氣，應該是早就料到會是這種情況了。

法默還在默默地整理資料，蘇小雅看了眼自己身上的開襟針織外套，沒沾到什麼髒的東西，資料庫很乾淨，箱子上半點灰塵都沒有，但仔細聞聞可以嗅到自己的費洛蒙氣味，也不好直接把外套還給人家。

「法默姐姐，我把外套洗乾淨了再還給妳，對不起。」蘇小雅從抽屜裡拿了自己哥哥做的手工巧克力，跑到法默辦公桌前遞上去。

法默笑了笑，接過巧克力挑了顆自己感興趣的，剩下全還給小嚮導。「不用客氣啦！你以後如果還是會經常跑二重資料庫那樣的地方，辦公室裡記得準備一件薄外套以防萬一比較好喔。外套我自己送洗就好，針織衫比較麻煩，你之後要開始忙了。」

身為重案組的一員，法默當然也知道蘇小雅正要接手的就是那個大名鼎鼎的ＡＴ２３８０案，心裡有點同情小朋友入職第一個案子竟然是這種麻煩的大案子，這大概就是跟馮艾保搭檔的缺點吧！

既然人家都這麼說了，蘇小雅收回剩下的巧克力，先把推車還回去後，再把外套摺好放在紙袋裡，還給法默。

接到紙袋的時候，法默意外地看了他眼，似乎很疑惑幹嘛搞得這麼嚴肅，但也沒多說什麼就收下了。

其實要蘇小雅說，他也不知道自己幹嘛非要找個紙袋裝，雖然外套上有自己費洛蒙的味道，但法默是普通人根本聞不出來，甚至就算有哨兵嚮導在也大概率聞不出來，味道真的很淡很淡。
可他就是莫名不想讓自己的味道有一絲可能殘留在其他人的東西上，然後被某個人聞出來……腦海裡冒出馮艾保慵懶俊美的臉龐，蘇小雅猛地用力甩了甩腦袋，動靜太大還驚動了低頭工作到入神的法默，同情地看了小嚮導一眼，以為小朋友是被案子嚇到了。
馮艾保明明不在，就算鼻子再好也沒辦法從醫院聞到重案組辦公室裡一件開襟針織外套上屬於蘇小雅的費洛蒙味道，蘇小雅理性上也很清楚，但就是……他抹抹臉，告訴自己不要再糾結了，反正衣服都還回去了，他現在要著眼的重點應該是AT2380的案子。
一共六個大箱子，把他辦公桌周圍都塞滿了，也還好他的位置靠牆，有足夠的空間可以放，不然光資料要怎麼收拾都是大麻煩。
箱子都是塞滿的，二十個案子累積下來的紙本資料數量驚人，都按照時間順序排好了，箱子上有一、二、三的數字。
蘇小雅看了眼時間，還有一小時下班，馮艾保臨走前要他準時回家吃飯，想了想他撥通了哨兵的電話。

第一次沒人接聽，也許是正在使用治療儀，蘇小雅也不心急，拿出第一個案子的資料翻看起來，整個案件經過跟馮艾保之前說的大同小異，包含那個往後再也沒出現過的血漬，他把每一條線索配合現場照片、證據照片等等都仔細閱讀過，希望能找到一些過去被忽視的線索。

當然，一無所獲。

等他再抬起頭的時候，已經快到下班時間了，所以他又打了通電話給馮艾保，這次被接起來了。

『小眉頭，怎麼了？』馮艾保的聲音透過電話還是很悅耳，鼻音比之前要輕很多，看來治療儀很有效果。

「你要不要來我家吃晚飯？」不等馮艾保回答，蘇小雅就開始報菜單。「我哥說秋天到了，他今天要做銀杏粥，還有酥炸喜相逢、薄荷雞跟開水娃娃菜。」

那頭馮艾保笑了，低而溫柔的聲音，讓蘇小雅耳朵酥麻，耳垂已經紅透了。

「要不要來？」他粗聲問。

『今天不行，真可惜。』馮艾保嘆口氣，是真的很惋惜。『我必須去一趟研究院，有些事情要處理，而且我也怕你阿思哥哥還沒消氣，他今天又看到我肯定又要打一頓了。』

這話也不完全錯，蘇小雅心裡有些失落，但也沒再多糾纏，本來也只是心血來潮問一聲而已。

「那好吧，明天見。」

『明天見。』馮艾保到完別後，突然又叫住蘇小雅。『小眉頭，搭檔間對案件有意見分歧是很正常的，我不會因此生氣或對你有意見。我期待你能找到你想要的證據，讓對方出軌翻覆也是一個選項。』

說完話，馮艾保又交代了一句要蘇小雅別加班，就收線了。

小嚮導紅著臉，愣愣地握著嘟嘟叫的電話，過了一會兒後輕輕笑了起來。

☼ ☼ ☼

國立哨兵嚮導研究院一般被簡稱為研究院，位於過去黑塔所在的位置，剛好與白塔遙遙相望，離馮艾保習慣的生活圈略遠，所以他才拒絕了蘇小雅的邀約，還不忘安撫了一下明顯因為電車問題而有些低潮，甚至胡思亂想的小嚮導。

等他橫跨整個首都圈來到研究院停車場停好車，都已經接近七點半了。

「怎麼回事？」哨兵敲開一扇雪白的門，對方剛開門他劈頭就問，半點客氣的意思都沒有。

「什麼怎麼回事？」門內是個身穿白色醫師袍的男子，眼睛顏色髮色都是淺棕的，秀挺的鼻梁上架著金絲框眼鏡，看清楚是馮艾保後瞇起眼，一邊回應一邊把人拉近自己的研究室裡。

「你伴侶呢？」馮艾保雖然配合地進入屋內，卻沒從門邊離開。

「他去幫我買晚餐，等一下就回來了。有話可以先說，他在不在你什麼時候介意過了？」男子白了哨兵一眼，徑直回到自己辦公桌前，繼續檢閱研究數據。

「所以，什麼怎麼回事？」

馮艾保確實從來不介意男子的哨兵伴侶在不在，他就是尊重對方問一下而已，客套過後直接進入重點。「我被迫出現結合熱。」

翻閱數據的手停了下，很快恢復正常繼續翻。

「你一個人出現結合熱還是兩個都出現了？」

「對方先出現結合熱，影響到了我。」馮艾保把自己扔進沙發裡，抱著雙手不悅。「之前不是說好了，要你把給我爸媽的藥都掉包嗎？怎麼還會出現這種事情？」

「我掉包了。」即使被質問男子也沒有露出憤怒的樣子，連一個眼神都懶得給馮艾保，他們兩個人交情太深，相處起來沒在管什麼禮貌或客氣的。「我可以保證你爸媽拿回去的藥絕對是無效的。」

「那……」馮艾保皺眉，雖然癱在沙發上，流瀉出的氣息卻很凌厲，彷彿山雨欲來。

「你沒想過是你跟他本身的問題嗎？」看完最後一頁數據報告，男子闔上文件，把椅子轉向馮艾保，跟著盤起雙手，犀利的目光透過鏡片投向煩躁的哨兵。

「不可能。」馮艾保一口否認，那麼絕對的態度反而給人欲蓋彌彰的感覺。

「可不可能你自己心裡清楚，匹配度97．235％是近五十年來最高，你爸媽看到的時候都笑了……」男子露出不忍卒睹的表情，誇張地抱著雙肩抖了抖。「我從小到大沒看過他們那樣笑，戈爾貢看到他們的笑都會石化自己的。」

馮艾保聞言噗嗤一聲笑出來，但隨即收斂笑容，依然緊皺眉心。

「欸？我現在才注意到，你鼻子又被你媽打斷了？」男子划著辦公椅來到沙發前，傾身仔細打量馮艾保俊美的臉，鼻子已經沒包紗布了，但還是有些青紫殘留。「他們也真是奇葩，既然都要揍你了，幹嘛不乾脆揍到你暈厥直接下藥？每次都搞得那麼複雜，讓你有機可乘。」

「揍是可以揍，但揍暈別想。」馮艾保咧嘴笑道，哨兵堅硬的白牙在燈光下閃閃發亮，看來就很鋒利。

男子聳聳肩，道理是這個道理，自從馮艾保進入黃金期後，他與馮靜初、保澄之間就維持住一種誰也無法從對方手中討得絕對勝利的恐怖平衡，甚至可以說馮艾保仗著保澄保護馮靜初的本能，每次對母親動手的時候從不克制自己的力道，反正也不會出現什麼人倫慘劇。

「如果你今天是來興師問罪的，我不負責。」男子攤手，把自己撇得很乾淨。事實也的確如此，馮艾保提出要求，他則遵守約定給予百分百的幫助，要是還出狀況，肯定不是他的責任。

馮艾保也不是會遷怒或推卸責任的人，他今天來也只是確認一下好友是不是真的換了藥，還是有什麼操作上陰差陽錯的失誤。

「那你檢驗一下這兩樣東西，或許我爸媽又從別人手中拿到了藥。」總之，他不承認自己跟蘇小雅之間能有可以引發結合熱的吸引力。

即便他經常一不小心就對蘇小雅「不合時宜」，可這完全是兩回事。

男子接過馮艾保遞過來的塑膠袋，打開一看裡面是十幾包入浴劑，還有兩瓶水。「水是哪來的？」

入浴劑應該是馮家裡的備品，水總不會也是從馮家拿來的吧？

「我爸媽家的水，水塔的水跟……」馮艾保難得卡了下，眉宇間透著股赧然。

男子好奇地瞅著他，認識將近三十年，除了第一年兩人都是小寶寶不會說話，從第二年開始他就沒看過馮艾保表達上出現過什麼問題，不多說一句話都算那天講話克制了。

兩瓶水一瓶是透明無色的，應該就是水塔裡的水，另一瓶卻有著淡淡的淺黃色，男子直接打開來聞了一下，有陌生嚮導的費洛蒙，還有清爽的柚子清香。

「你聞什麼！」馮艾保臉色瞬間就變了，俊美得很有攻擊性的眉宇可以稱得上狠戾地瞪著男子，雙手張握了幾下，彷彿在克制什麼。

「誰叫你扭扭捏捏的，我只好自己聞聞看。」男子半點都不把幾乎要齜牙威嚇自己的哨兵放在眼裡，但倒也沒再聞第二次，將瓶子蓋好。「這嚮導素是屬於97．235嗎？」

馮艾保無奈地看著好友。「他叫蘇小雅，不要用數字代稱人。」

男子敷衍地點點頭，看起來就有聽沒有進，帶著東西滑到一旁放著瓶瓶罐罐的櫃子前，拉開櫃門挑選。

「你急著知道結果嗎？還是想知道更詳細的數據？」

「都要，你多快可以給我一個簡易結果？」馮艾保想起蘇小雅一個多小時前在電話裡報給自己的菜名，嘴邊勾出一抹淺笑，但很快又拉直了嘴角。

「四十五分鐘到一小時吧，需要等藥劑作用。」男人挑出一瓶溶液，在手上晃了晃，把裡頭的液體搖均勻了，接著指揮馮艾保。「你把這些入浴劑都倒一些出來融進水裡，燒杯自己拿，做好了再叫我。」

說著將塑膠袋整個扔回給哨兵，兩瓶水倒是先拿出來了，然後滑到被當成簡易實驗台的大型辦公桌邊，將手上的東西一一擺放好。

馮艾保認命依照指示開始動手，反正也不是第一次了，他經常需要找好友幫忙，對他研究室裡的擺設比對方那個哨兵伴侶要熟悉多了。

「你晚上想吃什麼？」男人撐著臉頰，眼神跟著在自己研究室裡左右走動忙碌的哨兵問。

「你的伴侶幫你買了什麼？」馮艾保可不認為自己有點菜的資格。

「我今天想來點冷麵，可能還有韓式炸雞。但你不能吃辣。」男人臉頰被手掌擠得有些歪曲，對馮艾保挑了下眉，笑得很壞心。

「你知道我可以。」馮艾保平淡地瞥了他眼。

「但你不能否認你現在不行。只要你沒跟蘇……97.235結合，你就不行。」男人很刻意地哈哈笑兩聲。「對了，幫我拿兩個空燒杯過來，我剛剛忘記拿了。」

馮艾保難得對人翻白眼。「別對男人或哨兵說他不行，我沒有不行，這是選擇問題。」

說著，拿了兩個空燒杯放在辦公桌上。

「你知道，擺脫你父母最快的方式就是跟一個高匹配度的嚮導結合對吧？」男子慢吞吞地把兩瓶水分別倒進燒杯裡，下意識又聞了聞有入浴劑的那杯水。

「就叫你不要亂聞了！」馮艾保明明在一旁忙著溶解入浴劑，卻好像頭頂有長眼睛似的，語帶威脅地低喝。

「我是嚮導，還是個有結合伴侶的嚮導，聞一下怎麼了？」男子撇撇唇不以為然，但也沒再繼續挑釁哨兵的領地觀，他剛剛也只是習慣性聞一下，誰叫他研究的就是哨兵素跟嚮導素呢？

這叫做職業習慣。

隨手用紙把蘇小雅泡過的那杯水蓋起來，對馮艾保聳肩。

「你要吃什麼？趁我老公還沒回來，你快點決定讓他去買，不然等他回來了你就沒東西吃了喔！」

「我不餓，晚點結束了再自己去吃點東西就好。」哨兵需要忌口的東西還挺不少，但馮艾保這人寧可在鋼索上跳舞，也不想吃淡而無味的食物，他今天沒吃到蘇經綸的菜，打算晚上去吃個烤肉或小辣的麻辣鍋。

當然，這種事不能被好友知道，別看他喜歡跟自己亂講話，卻比馮艾保本人都還要關心這個哨兵的身體。

大概也是因為研究者不想看到珍貴的研究對象出問題吧。馮艾保很務實地想。

很快十幾包入浴劑都融好了，外包裝直接黏在燒杯外，也算順便用膠帶把拆開的地方封住，裡面還有六成內容物在。

全部放上大辦公桌後，男人逐一在每個燒杯裡倒入一些測試劑，然後一拍手。「接下來就是等了。」

研究室裡沉默片刻，馮艾保默默地喝著水，目光灼灼地盯著目前還毫無反應但五顏六色的液體們。

男子反而先忍不住這種沉默，直接坐著辦公椅滑到馮艾保眼前，擋住哨兵幾乎可以洞穿燒杯的視線。

「我聽說，AT2380又犯案了？」這算是大消息，雖然沒有對外公開，但研究院消息向來靈通，男子早就想問問這件事了。

「對。」馮艾保點點頭，勉強收回視線，似乎很無聊地盯著自己鞋尖回答：「而且我是這次的負責人。」

男子聞言吹了聲口哨。

「97．23……」

「蘇小雅。」馮艾保無奈打斷。

「蘇小雅好像才剛成年，入職有沒有三個月？直接就面對這麼凶殘的案子，小朋友心理承受得住嗎？」男子本來就記不太得人名，要知道他有時候叫自己的伴侶也都叫編號。

「他很積極……」馮艾保笑了笑，接著嘆口氣。「有點太積極了，說實話我很擔心。」

「擔心什麼？」男子好奇。

馮艾保搖搖頭表示不想回答，恰好研究室的門也被敲響了。

「你老公回來了。」雖然隔著一扇特殊材質製造的門，馮艾保還是嗅到了隱約的韓式炸雞氣味，以及很熟悉的呼吸聲。

男子不急著開門，而是非常嚴肅地說：「馮艾保，身為朋友我真的建議你，跟97．235結合吧！這是你唯一可以脫離你父母的可能性。」

「我不要。」馮艾保笑容可掬地拒絕了。

☼ ☼ ☼

一大早，馮艾保與蘇小雅在約定好的前往驗屍間的電梯前會合時，氣氛可以說非常冷凝。

尤其是蘇小雅昨晚睡前突然回想起馮艾保那句話：『小眉頭，搭檔間對案件有意見分歧是很正常的，我不會因此生氣或對你有意見。我期待你能找到你想要的證據，讓對方出軌翻覆也是一個選項。』

一開始，小嚮導確實很感動，覺得自己把馮艾保想得太過分，確實，不說案子，以前在學校裡也不是沒有在小組報告時，跟同學們有爭執或意見分歧的狀況發生，重點還是在如何統一大家的意見，並把報告完美地做出來。

可等蘇小雅看了一腦子的AT2380案後，他突然意識到，馮艾保話裡有話！

不管他講得多好聽，實際上哨兵的意思就是：雖然我不會對你生氣，但你的說法也只是一種選項，有分歧很正常，但目前以我的方向為主。

渾蛋大叔！他絕對是嘴巴先出生！

一時間，蘇小雅體會到先前被馮艾保用語言下套的那些嫌疑犯及犯人們的心情了！真的是……好想揍馮艾保幾拳啊！但揍不了，他是高階哨兵，等級起碼有S，他一個剛成年的嚮導，就連精神力都揍不痛他……啊！好生氣！

於是蘇小雅徹底沒了睡意，乾脆跳起來花了一晚上把二十個案子都看完了，早上還是從書桌上被哥哥搖醒的，差點趕不上跟馮艾保約好的時間。

早餐都來不及吃，蟹黃湯包呢……都是馮艾保的錯！

電梯今天不知道怎麼回事，從最上層開始往下，幾乎每一樓都停，還兩台電梯都這樣，蘇小雅感受著身邊討厭的哨兵隱約傳來的哨兵素氣味，等得很不耐煩。

「你知道，連環殺人案在故意殺人案中占多少嗎？」馮艾保突然開口。

蘇小雅側頭看了他一眼，抿著嘴唇，嘴角都拉成一直線，但沒有回答。

「大約是百分之四點八。」馮艾保也沒預設自己能聽到他的答案，自顧自解答，接著笑了下。「那，你要不要猜猜看，連環殺人案的破案率是多少？」

蘇小雅懶得看他了，直直盯著緩慢跳動的電梯樓層指示燈，右腳在地上煩躁地敲著。

他現在還在生氣呢。他寧願馮艾保跟自己吵一架，或者有來有往地爭執一番，但用這種下套的方式糊弄他，讓他以為兩人之間有了某種共識，說真的很讓人討厭！這人到底怎麼回事？他以前跟阿思哥哥也是這樣相處嗎？還是只對自己這樣？

一股強烈的委屈混合著忿忿不平從心底竄上來，像一把火架著蘇小雅燒，搞得他心口鬱悶，呼吸都不順暢了。

「不足百分之十。」馮艾保也無所謂，再次自問自答。

「你想說什麼？」蘇小雅忍不住了，皺著眉瞪馮艾保，語氣很衝。

「我只是想表達，連環殺人案有九成都是懸案，而剩下的一成裡，過半都是因為意外，或說運氣好，才抓到人的。」馮艾保還是那樣溫和平緩，低柔的聲音很能安撫人。

即使是從昨晚氣到現在的蘇小雅，也稍微被安撫了一點，起碼煩躁的腳丫子不再繼續啪啪啪敲地板。

「所以你是想告訴我，ＡＴ２３８０也屬於那九成嗎？」蘇小雅哼了聲，不以為然道：「你知道機率這種東西只有放進整體裡才有意義嗎？」

「喔？」馮艾保拆了一根棒棒糖，一副願聞其詳的表情。

「如果只針對單一事件，比如AT2380這個案子吧，不管大數據表示連環殺人案有多少機率能被偵破，對這個案子本身來說，只有零跟一百，不是能抓到人就是抓不到人，不存在抓到十分之一個人這種事情。」蘇小雅的數學是不好，但他從小聰明到大，這點蘇經綸可以作證。

再說了，他已經對馮艾保有了堤防，才不會讓自己再次被這個男人的話術給唬弄過去，想都別想！

「是嗎？」馮艾保笑了聲。

「不是嗎？」蘇小雅回了個皮笑肉不笑，但他終究年紀輕，還學不來馮艾保的隱忍或說是冷靜，並沒能管住自己的嘴巴繼續說：「我還是認為，現在最好的方式是把凶手繩之以法，他已經殺害不包含胎兒在內四十個人了，你難道還要放任他繼續殺人嗎？」

馮艾保含著糖果沒回答，唇邊還是帶著笑，但是那種蘇小雅最討厭的，像面具一樣的笑法。

正想再開口說點什麼，電梯叮一聲打開了。

裡頭有很多人立刻往外走，蘇小雅跟馮艾保被擠到人潮兩側，討論也只能暫時停下來。

電梯裡並沒有清空，還有三四個人，馮艾保跟蘇小雅上去後，依然沒有機會講話，搞得小嚮導心情鬱悶，儘管礙於空間狹小舒展不開，但精神力觸手仍然略略張開來，煩躁地甩了好幾下。

所幸這段沉默的時間沒有很久，兩人很快就到了目的地。

驗屍房裡目前只有汪法醫一個人，法醫助理都不在，他聽到腳步聲也沒抬起頭，用手上的筆指了下解剖台上的女死者道：「有新發現。」

聞言，蘇小雅兩眼一亮，急忙問：「有什麼新發現？有辦法劃定可能的凶手範圍嗎？」

汪法醫這才抬眼看了下小嚮導，很疑惑眼前的小朋友哪來的精神這麼興奮？明明昨天看到現場時還大受打擊的模樣，今天整個狀態都不同了，這就是年輕人的恢復力嗎？

「很難說。」汪法醫的回應很保守，他放下手上的記事本跟筆，拿了兩副手套給蘇小雅與馮艾保，自己也戴了新的手套後，招呼兩人。「過來，給你們看一下這個。」

說著，汪法醫掀開死者的眼皮，一雙黑洞洞的眼窩出現在眾人眼前，死者的眼珠已經不在了。

蘇小雅沒控制住，狠狠地倒抽了一口涼氣，身體往後縮了下，被馮艾保用手虛虛一摟，免得人摔倒。

「生前挖的還是死後挖的？」馮艾保問。

「從肌肉還有神經束的緊縮狀態判斷，應該是生前挖的。」汪法醫調整了下無影燈，將眼眶內部照得更清楚，解釋道：「切斷面很俐落，我猜是用做標本的取眼珠工具挖下來的，工具應該是犯人帶過去的。」

「所以，他這次不只生剖了女死者的子宮，還……挖了她的眼睛？」蘇小雅頓時覺得喉嚨乾澀，語尾都嘶啞了。

他記得自己昨天看的那些案件資料，生剖子宮是從第十一案開始的，簡單來說就是到了第十一年，也許是基於犯罪的刺激感不足，或者其他什麼原因，總之

AT2380的手法升級了，這樣算起來這是第二十一起案子，看來他又升級了一回。

「先挖眼再挖子宮，還是反過來？」馮艾保語氣絲毫未變。

「我猜測是先子宮再挖眼睛，血液檢驗報告還沒有出來，但應該跟過去一樣會有興奮劑的成分，維持死者在被生挖子宮的時候神智清楚，不至於暈厥或休克，確保受害者可以看著凶手如何凌虐自己。」汪法醫平靜地解釋。

「這個猜測倒是挺合理。」馮艾保贊同。「還有其他的發現嗎？」

「嗯……硬要說的話……」汪法醫沉吟了一下，不是很肯定地說：「這只是一種感覺，要等血液檢驗結果出來才能肯定，我懷疑AT2380這次放慢了對死者的凌虐速度。」

「他花了更多時間才摘出子宮？」馮艾保問。

「對，但我不確定他是生疏了還是……暴力升級了。」汪法醫雖然說自己不確定，但從情緒判斷，蘇小雅倒是可以肯定他其實覺得凶手的暴虐行為升級了。

「也許兩者皆是。」馮艾保輕笑了聲。「畢竟他忍耐了將近四年，我們都不知道他是因為什麼原因中斷的。」

蘇小雅看著解剖台上的女性，她的眼皮已經被汪法醫闔上了，胸口有個Y字縫合，小腹上的切口也被修復了，留下一道蜈蚣般的縫合線。

「你有什麼想法？」汪法醫關上無影燈，看著馮艾保問。

「想法嗎……」馮艾保脫下手套，扔進一旁的垃圾筒中，突然看了眼有些愣神的蘇小雅笑了。「我覺得，也許小眉頭的意見是可行的。」

「我的意見？」蘇小雅皺眉不解，他現在反而對自己的意見有了些許質疑。

「讓火車翻車。」馮艾保的笑臉讓人很想揍兩拳，還對蘇小雅眨了下眼。

「我的本意不是要讓火車翻車，我只是覺得可以在撞上人之前停下車！」蘇小雅不悅地為自己辯解，經過馮艾保的嘴一講，搞得他像是暴力分子一樣。

汪法醫聽不懂什麼火車不火車的，很明智地選擇閉嘴不參與兩人的爭執，在一旁默默看熱鬧。

「我覺得意思差不多。」馮艾保見小嚮導臉都氣紅了，才心滿意足地把話題帶上正軌。「我們現在要釐清的是，他為什麼突然要挖眼睛。」

「他也是從第十一案開始生剖子宮。」蘇小雅按捺下心裡的不爽，提供自己的意見：「也許他認為第二十一案也要來點不一樣的改變？」

「不不，挖眼睛跟生挖子宮是兩個完全不相干的行為，與其說是暴力升級，不如說他是為了繼續隱藏自己的行蹤，而做了這個選擇。」馮艾保很乾脆地否定了蘇小雅的猜測。

「為什麼說是兩個不相干的行為？」蘇小雅內心的火氣又竄高了兩公分，但還是耐著性子詢問。

「這牽扯到犯罪邏輯跟合理性的問題。」馮艾保見小嚮導還沒有轉過彎來，也不急躁，語調溫和地引導道：「還記得昨天我們聊到的，關於連環殺人犯的特徵嗎？他們有個共同的特徵『固定』。」

蘇小雅猛地醒悟過來。

無論是哪一種類型的連環殺人犯，他們都是為了某些特定的原因去殺人的，所以下手的對象也好、殺人的手法、現場的安排等等，都會有一個框架可循，浪漫一點的說法——儘管蘇小雅不懂，幹嘛要給連環殺人犯什麼浪漫——那是一種屬於凶手的「簽名」。

目前，AT2380到底是誰，又是因為什麼動機犯罪，警方還沒有一個定論，但可以確定的「簽名」有：低階哨兵嚮導結合的家庭，丈夫必定是哨兵，妻子必定是嚮導，沒有同性伴侶，全部是異性伴侶，而且感情很好、生活及人際關係單純、白領階級，妻子必定是家庭主婦，兩人的胎兒在五個月以內。

所以，第十一案跟前十案在剖胎兒這部分有升級，但依然緊扣在凶手的「簽名」框架中。

然而此次的案件就不一樣了，過去AT2380從未對任何一個死者的眼睛動過什麼手腳，也未曾出現過任何可以被判斷為與視線、視覺、眼睛等等相關的舉動，那這次突然挖了女死者的雙眼，就是個超出他「簽名」跟「固定」特徵的行為。

「他為什麼突然這麼做？」

「這個消息知道的人不算多，但資深的刑警應該多少都聽到過風聲。」馮艾保思索了下解釋：「大約在半年前，國家科學研究院流出消息，說是研究出了一種可以分析死者生前最後十五秒內看到的影像的技術，具體的科學理論什麼的我不懂，但是你應該可以猜到，如果這項技術成熟了，並且廣泛運用到各類刑事案件中能起到多大的作用。單單ＡＴ２３８０這個案子，你就能想像，如果我們真的提取死者最後十五秒的影像，會有什麼結果。」

「直接可以看到凶手是誰了！」

「沒錯，因為這傢伙變態到逼死者看著自己直到生命最後一秒。」馮艾保笑笑。「所以我才說，你的意見是可行的，也許我們真的可以煞停那輛火車。」

「你的意思是說……」蘇小雅輕輕抽了口涼氣，不可置信道：「凶手因為知道這個消息，雖然不確定到底這個技術能不能投入第一線使用，但為了避免未來的可能性，他有意在自己的模式中加上挖眼睛嗎？」

「不只如此，我們的嫌犯範圍終於縮小了。」馮艾保看起來像是笑著，但黝黑的雙瞳裡一片冰冷。「不是警方的人，就是科學院的人。」

霎時間，本就寒涼的驗屍房，氣氛又冷了幾分，很久沒有人再開口。

第五章　毒樹果實理論

不管是警方的人或是科學院的人，就算把範圍定在首都區，考慮到做案時間長度，犯人應該在五十歲左右，種種條件確立後，依然有將近兩百人需要排查。

蘇小雅看著手上沉重的檔案夾，桌邊的箱子堆得都快比他要高了，霎時間有些不知道該如何下手。

ＡＴ２３８０是警方長久以來的心病，因此當岳景楨得到馮艾保的匯報，得知兇手可能的範圍後，當下發揮重案組組長的行動力，短短幾個小時就把符合條件者的個人資料都調來了，有紙本也有電子檔，一股腦堆給馮艾保與蘇小雅。

「你覺得會是警方的人還是科學院的人？」因為不知道從何處開始，蘇小雅茫然地詢問馮艾保意見。

「嗯……」馮艾保嘴裡叼著沒點上的菸，貼近蘇小雅在他左耳邊壓低聲音說：「我個人覺得警方的人更符合條件。」

左耳一陣麻癢，蘇小雅忍著沒推開馮艾保，他知道對方是刻意不想討論被其他同事聽見，畢竟這傢伙鎖定的主要目標是警方呢！這不就是要對自己人下手的意思嗎？

「為什麼？」蘇小雅幾乎只用嘴型回問，他也怕被還在辦公室裡的哨兵同事聽見。

這個案子只靠他們兩人是萬萬不可能的，所以岳景楨又調了兩組同事過來幫忙，他們幾個現在也正在翻閱資料。

「很簡單，如果是科學院的人，他可以更精確地知道研究進度，說真的不需要現在就開始挖眼睛，這是一種對資訊不確定的表現。」馮艾保對這個科技並沒有抱多大期望，即使科學院講得神乎其神，好像隨時可以投入第一線使用似的，但初期能有多少效果只有天知道。

ＤＮＡ技術也是花了好多年的時間一點一點進步到今天這個地步，馮艾保覺得ＡＴ２３８０壽終正寢前都不見得看得到這個技術被使用，只能說這也是他們的運氣吧！遇到一個對科學院非常有信心又過度謹慎的凶手。

「可是，也不是所有的研究員都知道這個技術的詳細進程啊！」蘇小雅忍不住反駁，可以的話他並不想懷疑自己的同事們，有句俗語是怎麼說的？「人的胳膊都是往內彎的」，他非常希望凶手會是科學院的人。「而且，科學院裡也不只有研究員，還有保安、清潔工、文書雇員之類之類。」

馮艾保挑了下眉，這次沒回話了。

「馮艾保，普通人是不是可以排除？」安潔琳，也就是白塔案時跑去馮艾保家拿證物，幫忙入庫的那位嚮導，她的搭檔並非自己的結合伴侶，而是自己的親哥哥，一個沉默寡言的哨兵。

幾個人紛紛把目光投向悠哉的馮艾保，他打了個哈欠反問：「為什麼？」

「死者是哨兵跟嚮導，普通人應該無法輕易殺死他們。」安潔琳回答，其他同事也都贊同般點點頭。

「是嗎？」馮艾保勾了下唇角，隔著一段距離看了眼安潔琳拿在手中的文件，還有攤放在桌上的資料夾。「妳檢視的是雅西區、西荊區、白山區跟秋苑區這四區分局派出所的資料對吧？」

「對。」安潔琳被看得有點緊張，明明馮艾保的眼神很溫和，態度也很正常，她卻覺得自己似乎問錯了問題，心跳都漏了幾拍。

「傑斯你認為呢？」馮艾保問的是安潔琳的哥哥，一個Ａ＋級哨兵。

傑斯看了眼妹妹，又看了眼旁邊低下頭表明置身事外的兩個同事，最後把目光停在蘇小雅身上，把小嚮導看得莫名其妙，無辜地眨著眼與他對望。

眼看沒有任何一個人出面接話，傑斯才不得不開口：「我依照你的指示。」

畢竟馮艾保才是這個案子的負責人，他們主要聽馮艾保調派，要查不查也不是他們可以決定的。別看馮艾保平常是個好好先生，跟誰都笑咪咪的，說起話來有商有量很好溝通的樣子，但這傢伙可是個高階哨兵，骨子裡其實非常霸道，共事多年傑斯哪裡不知道？馮艾保決定好的事情，沒有任何人可以動搖，他總有辦法用最溫柔的語調把人套進他的邏輯圈裡，死得不明不白。

「我的想法是，即使死者是哨兵與嚮導，但他們多半是Ｄ＋級以下，與普通人的差距並沒有那麼大，能在警界爬到高級警官的位置，這樣的普通人一點都不普通。」

這麼一說大家也心領神會了，確實重案組裡都是高階哨兵嚮導，與普通人的差距宛如天塹，不客氣地說，蘇小雅這種剛成年，還不熟悉精神力觸手使用法的小嚮導，要放倒一個B級哨兵都不是問題，只要別牽扯到肉體衝突。普通人在他們眼中，完全就是需要呵護的對象。

但低階哨兵嚮導跟普通人之間的差距是可以靠後天訓練彌平的，也許五感上哨兵還是強於普通人，但實戰時五感稍好一些根本無關緊要，反而可能成為被攻擊的弱點。

比如先前聯絡他們的謝一恆謝警官就是個很好的例子，他能在哨兵嚮導為主的警界爬到現在這樣的位置，表示他有能力跟中階左右的哨兵打得有來有往，最後可能還是會輸，卻不會輸得太難看。

低階嚮導在謝警官面前，就是一塊小蛋糕。

安潔琳想通之後羞愧得臉頰微紅，道了聲歉後繼續回到自己的工作中，偷偷把之前挪開的普通人警官資料又拿回來。

「資料你們先整理，有什麼可疑的人先挑出來，我晚點再檢閱。」馮艾保說著拿出墨鏡戴上，這是他要離開的意思。

「你要去哪裡？」蘇小雅見狀連忙起身。

「我要去見上一任負責人……」

聽他這麼說，原本沙沙地翻閱聲突然都停下來，辦公室裡一陣死寂。

「你……要去探望前輩他們嗎？」過了一會兒，羅啟恩也就是傑斯外另一名哨兵才躊躇發問，語調很輕，蘇小雅都聽不太清楚。

「對，我想應該去跟他們說一下這次的進展，也想詢問他們一些事情。」馮艾保這次就沒打啞謎了，很爽快地回答同事。

「費前輩還……」安潔琳才說了幾個字就閉上嘴，壓抑、惋惜、悲傷等情緒被蘇小雅的精神力觸手捕抓到了。

他昨天沒有注意到先前的負責人是什麼狀況，現在一聽感覺自己好像也不適合現在詢問，只能默默在一旁，用自己的精神力安慰安潔琳。

安潔琳感激地看了眼蘇小雅，清清喉嚨。「要去就快去吧，再晚點恐怕不方便，後勤的事情交給我們就好。」

馮艾保點點頭，對小嚮導招招手。「走吧，前輩住的地方有點遠，有什麼事情車上再聊。」

蘇小雅連忙跟上去，馮艾保腳步踏得很大，確實很急促，他得小跑步才能跟哨兵並肩。

出了中央警察署，馮艾保先到旁邊的咖啡廳買了兩杯咖啡，蘇小雅選了美式黑咖啡，要了兩顆奶球，馮艾保則買了一大杯香草焦糖歐蕾。

「你開車，我把事情解釋給你聽。」馮艾保隨手把車鑰匙遞給蘇小雅，還沒出咖啡廳就先喝了一大口滾燙的歐蕾，發出滿足的喉音。

上了車，還沒等蘇小雅開口問話，馮艾保就出人意料地主動說起關於前任負責人的事情了。

ＡＴ２３８０案其實從第七案開始就移交給中央重案組，直到四年前都由馮艾保的前輩，一對哨兵嚮導結合伴侶負責。馮艾保跟何思還有其他同事多多少少也都幫過忙，畢竟是大案子，兩三組人共同跟進是正常的，就如同他們這次一樣。

那對前輩也是非常厲害的破案高手，剛接到案子的時候信心滿滿，覺得應該可以很快破案，可隨著時間推進，直到第二十案發生，他們依然沒能抓到凶手，受到的挫折與自責感之沉重，可想而知。

本來，這次AT2380再次行動，案子不該落在馮艾保身上，可惜那對前輩三年前提早退休，原因是兩人中的哨兵被診斷出路易氏體失智症，雖然還很早期，但因為這種失智症伴隨行動、認知、活動功能退化，加上哨兵本身就很容易在晚年出現狂化症，兩人不得不申請提早退休。

也是這麼巧，這些年AT2380沒再犯案，自然就不急著把案子交給某個特定的人去負責。重案組的成員對這個案子都有點PTSD的狀況，加上平日裡真的很忙碌，只要沒再出現新的受害者，也許能過個幾年後，再重啟調查就好。

可惜，面對窮凶極惡的犯人，他們也沒能僥倖多久，這不就又犯案了嗎？

蘇小雅聽完後沉默很久，馮艾保早喝完了自己的歐蕾，靠在椅背上也不知道是醒著還是打起瞌睡。

「你說，他們現在住在彤樺區是嗎？」半晌，蘇小雅提出疑問。

「對。」

小嚮導又躊躇了下。「彤樺區不就是在安華區隔壁嗎？」

「對。」

蘇小雅這次沉默的時間更長了，許久後他才小心翼翼地問：「他們住的地方，是不是就在這次的現場附近？」

實在不是他想這樣猜測，而是馮艾保這人的行事作風就是這樣的。既然兩位前輩已經退休，又顯然需要靜養，馮艾保不太可能在這種時候去打擾他們，除非他有什麼猜測想證實。

一個刑警，手上有個凶殘的殺人案，能有什麼正面的猜測嗎？當然不可能！

果不其然，被墨鏡遮住大半臉的馮艾保，勾起形狀漂亮的唇角。「直線距離兩公里，徒步距離大概五公里，車程五到十分鐘左右。」

「你能不能告訴我，你在想什麼？」蘇小雅放棄瞎子摸象，反正他永遠也猜不透馮艾保在想什麼，甚至都無法透過精神力探查。

「不行喔。」馮艾保拉下墨鏡，對小嚮導眨眨眼。「對了，前面那個鬆餅店停一下，我買個伴手禮，才不會太失禮。」

去你的不失禮。

蘇小雅腹誹，但還是乖乖在店門前停下了。

大約半小時後，蘇小雅開著車到達目的地。

眼前的公寓不大，好處是有空間算寬敞的電梯，可以停一輛輪椅，公設比偏低，是比較老式的公寓，但公共區的走廊很寬闊，動線也安排得很好。

一樓有個管理員室與兩坪半左右的大廳，走進去還有個小花園，中央是一個鯉魚池，水很淺，每條鯉魚都快成精了一樣，又肥又胖，鱗片沒多漂亮，但五顏六色的，看以來也算悠遊自得。

蘇小雅站在鯉魚池邊看著胖鯉魚們擠在一起不知道在幹嘛，也不像在打架，也沒有在搶食，難道是在躲太陽？他看著自己在水面上製造出的陰影，果然鯉魚都擠在影子裡。

秋老虎天氣不比炎夏輕鬆，陽光也許沒那麼烈，但很悶。

馮艾保正在做訪客登記，管理員是個年輕人，膚色黝黑看起來很活潑熱情，正在聯絡黃先生，也就是馮艾保的前輩之一。

對方可能是剛好有事情在忙碌，馮艾保也不想暴露自己的刑警身分，所以只能等著，見蘇小雅在鯉魚池前看得津津有味的樣子，也靠過去。

「喜歡鯉魚？」

「也不是，就是覺得這個造景很有意思。」蘇小雅指著鯉魚池前方的人造小瀑布，真的很小，長度大概才兩公尺左右吧？他目測不太準確，但反正看起來有種小人國的袖珍玲瓏感。

鯉魚池跟瀑布下的水池中間有個通道，一隻胖鯉魚剛好可以塞滿通道，偶爾會看到鯉魚擠擠挨挨在水道裡游來游去。

「他不想見你嗎？」大概又過了五六分鐘，蘇小雅抬頭看了下天色問。

「不確定。」馮艾保回頭看了眼年輕管理員，他還在打對講機，但對方似乎一直沒接。

「會不會出什麼意外了？」他們來到這棟公寓已經過去二十分鐘了，就算黃前輩真的有事在忙，聽到對講機響這麼多回，也該知道有急事才對吧？

「應該不至於。」馮艾保倒是半點不緊張，叼著沒點的菸，指著池中一條全黑的鯉魚。「你看，那條魚特別胖。」

確實特別胖，完全進不去水道了。

但蘇小雅現在哪有心情看什麼鯉魚，他推了下馮艾保。「要不然，我們給管理員看一下證件？我總覺得心裡很不安。」

倒也不是什麼直覺，就是怎麼想都覺得奇怪，讓他莫名焦慮起來。

「啊！黃先生！」才說著，那頭管理員興奮的喊了聲：「您有訪客，一位馮艾保先生，您知道他嗎？嗯嗯嗯，好好好，那我就請他們直接上去啦！」

「看，我就說不必擔心。」馮艾保對小嚮導挑了下眉。

蘇小雅輕哼了聲，跟在哨兵背後依照管理員的指示換了感應電梯卡後進入公寓裡。

費保羅與黃齊璋的家在Ａ棟八樓之三，整個社區從外面看起來不大，裡面腹地卻不小，沒什麼健身房、游泳池、牌室之類的公設，但不大的花園裡以及各棟一樓的交誼廳都很舒適。

來到八樓時，黃齊璋已經打開家門等著兩人了。

他看起來有些疲倦，年紀應該不是特別大，可能就五十多，但面容略顯憔悴，一身乾淨的棉質運動服，布料顏色稍稍泛白，加上他灰白的髮絲，整個人彷彿褪色了一樣。

看得出來他過得不算太好，聯想到他的結合伴侶費保羅的病症，蘇小雅突然有點心慌，有種想逃走的衝動。

當然，那都只是想想，馮艾保目標明確，與黃齊璋寒暄了幾句，遞出路上買來的點心，是鬆餅蛋糕捲，還一口氣買了五個口味，因為是剛出爐的，到現在都還能隱約聞到麵粉與糖混合的甜香。

兩人都沒多客套，進屋子後拖鞋已經準備好了。「你們換上吧，隨便找個地方坐，我就不多招待了。」

黃齊璋將蛋糕捲放在餐桌上，整個空間都是打通的，視野很開闊，有一面大落地窗，窗外是一片蔥鬱樹林。

「費前輩在休息？」馮艾保問。

「對，剛剛睡著。」

「那我們去陽台上說？」馮艾保指著落地窗另一側的陽台，空間也不小，有幾把野餐椅跟一張野餐桌，看起來很少使用，桌面上積了不少樹葉。

椅子倒還算是挺乾淨。

黃齊璋沒有拒絕，他看了眼手腕上的監視影像，點點頭。「可以。」

從頭到尾他都沒有詢問過蘇小雅是誰，似乎小嚮導存不存在跟他毫無關係。

關上落地窗門後，幾人各搬了一把椅子到陽台另一邊，坐成一個三角形，誰都沒心情看外頭燃燒般的黃昏與從頂端開始染黃的樹林。

「我聽說了。」黃齊璋絕對是個從不廢話的人，才剛坐穩就直接進入正題。

「AT2380又做案了。」

「對，組長告訴您的？」馮艾保倒不意外。

「你想問什麼？」依然，選擇不回答廢話，黃齊璋凝視著馮艾保問。

「昨天……」馮艾保抬手看了下時鐘，輕笑。「我更正，準確地說，從現在往前推的四十到四十六小時這段時間，您跟費前輩的行蹤方便跟我交代一下嗎？」

蘇小雅啞然地瞪大眼看著馮艾保，他知道這個哨兵要搞事，但沒想到會搞這麼大的事啊！

「你可以去調我家的安全監控錄影。」黃齊璋倒沒有多大反應，目光緊緊鎖定在馮艾保身上，半點不退讓。「那個時間段是凌晨，我跟保羅除了在家裡休息之外，還能去什麼地方？社區大門半夜都會上鎖，進出會留刷卡紀錄，也都有監視錄影器，你可以去查。」

「既然您同意我們調監視錄影跟出入門卡紀錄，那我就不客氣了。」

馮艾保笑吟吟地用手機發送了什麼訊息出去，繼續問：「您知道這次案子發生在哪裡嗎？」

「不知道。岳景楨不是個多嘴的人，他告訴我AT2380又開始做案，已經算是很照顧我跟保羅的心情了。」黃齊璋再次提到自己的伴侶時，忍不住把視線轉向屋內某扇關著的門，應該是臥室門。

「在安華區，離貴府車程只要五到十分鐘的地方。」馮艾保說著，站起身走到欄杆邊，眺望了片刻後指著某個地方。「大概就在那個位置。」

蘇小雅好奇跟過去看，但馮艾保指尖比的地方實在太遠，在蘇小雅眼中就是個模糊的影子，時間也晚了，老實說幾乎什麼都看不清楚，他皺眉懷疑地回望馮艾保，覺得這個哨兵又在給人下套了。

黃齊璋卻動也沒動，甚至都沒朝馮艾保看一眼。「我知道你的眼力很好，以前保羅大概也能看到你看的東西，但他現在已經看不到了，我更不可能看到。」

他的語調很平靜，平靜到令蘇小雅心虛，總覺得自己不應該放任馮艾保說這些廢話。再怎麼說，費保羅跟黃齊璋兩人都是退休刑警，當時活躍在第一線，都是嫉惡如仇的人，AT2380案一定是他們兩人心中的意難平，如今卻被馮艾保質疑有嫌疑，蘇小雅怎麼想都覺得說不過去。

「馮艾保，你不要再亂講話了。」蘇小雅想自己還是應該要制止才對。

馮艾保側頭看了他一眼，勾了下唇角聳了下肩，並不太意外會聽見蘇小雅這麼說，慢吞吞回到之前的位子上坐下。

「我的搭檔是個心軟的小朋友，前輩有什麼建議？」不過他一開口，蘇小雅就覺得又尷尬又羞恥了。

他隱約察覺馮艾保不高興了，但他不覺得自己有哪裡說錯話啊！莫名有點委屈，但又不好在黃齊璋面前跟馮艾保起爭執，蘇小雅乾脆當作自己沒聽見，繼續站在欄杆前眺望遠處。

黃齊璋朝蘇小雅覷了眼，但沒多做評論，而是實事求是問：「你為什麼覺得我們有嫌疑？你應該知道保羅是什麼狀況，他現在幾乎連日常行動都很難靠自己完成了。」

「關於這點，您知道我有研究院的關係，我一個竹馬現在是研究院的高級研究員，透過他的關係我可以拿到一些比較隱私的資料。當然，不是完全合法，所以我才會跑來詢問前輩，也是因為尊重你們。」馮艾保的話總是說得很漂亮很悅耳，但也十足挑釁。

黃齊璋的表情當場就冷下來了，蘇小雅感覺到高階嚮導的精神力觸手蓄勢待發地劈啪一聲收縮了下，發出普通人聽不到的沙沙摩擦聲。這通常代表了嚮導已經被激怒，隨時能用精神力觸手教訓眼前人的意思。

小嚮導也不由得緊張起來，他和馮艾保畢竟是搭檔，這時候是不是應該支持哨兵或是安撫兩人？但……蘇小雅看著中年嚮導，對手是個比何思更厲害的嚮導，經驗豐富而且精神力使用純熟，蘇小雅覺得自己的精神力要是跟對方碰到一起，別說安撫了，他有可能直接被對方影響，反過來針對馮艾保。

馮艾保似乎感覺到小嚮導的猶豫與緊張，他轉頭用手勢安撫了蘇小雅，意思是讓他繼續在一邊旁觀就好，彷彿完全沒把黃齊璋的敵視放在眼裡。

「前輩，您剛剛為什麼過了二十分鐘才去接對講機？」馮艾保笑吟吟地問。

黃齊璋不回答，冷漠地盯著馮艾保，飽含敵意的精神立觸手啪一下打在馮艾保鞋尖前，揚起一陣塵土。

「我覺得我的人品應該還行啊，為什麼好像大家都不太喜歡我問的問題呢？很難回答嗎？」馮艾保一臉真誠地發問。

蘇小雅看著裝模作樣的哨兵，咬著牙忍住差點脫口而出的回答。

不就是因為你總是在挑釁人嗎？

「前輩，您知我知，費前輩現在的狀況絕對稱不上好，他有幻聽、幻覺還有妄想症，認知已經退化到很嚴重的地步了，可是，您說他的行動退化這點，我倒是沒從他的體檢報告裡看出來多少。確實，跟鼎盛時期不能相提並論，可是對普通人來說，甚至對中低階嚮導哨兵來說，他都是嚴重的威脅不是嗎？」索性一口氣把話攤開了說，馮艾保神態無辜。「我是真的尊重你們，所以本來想說可以好好地談一談。前輩，我至今都還記得當年您跟費前輩對ＡＴ２３８０這個案子付出了多少，必須得提早退休，移交案件的時候，那種失落感與不甘心。」

不知道是哪一句話打動了黃齊璋，他神情很明顯有些軟化，精神力觸手也沒那麼有攻擊性了，但很快又恢復警戒，皺著眉瞪著馮艾保，依然不置一詞。

「您不是沒有能力修改監視錄影，我猜您已經都做好打算了。」馮艾保嘆口氣。「前輩，那天費前輩是不是失蹤過一段時間？回來的時候身上沾了些東西？」

「你為什麼這麼問？」黃齊璋挺直了背身體緊繃，他是刑警退休，照理說是有能力把表面功夫做到別人看不出異狀的。

蘇小雅終於知道問題出在哪裡了，似乎從他們見到黃齊璋那一瞬間開始，他就試圖在引導兩人懷疑自己，所有的表現及神態都很異常……就好像在隱藏他們做了什麼事情一樣。

他連忙看向馮艾保，想提醒哨兵有問題，就看對方露出一抹淺笑。

「您是不是認為，我在懷疑您跟費前輩？您現在是不是鬆了一口氣？」

黃齊璋完全面無表情地看著馮艾保，再次沉默不語。

馮艾保也不急著要他開口，而是對蘇小雅招招手。「你去樓下便利商店幫我們買些飲料吧？」

「我又不是來幫你跑腿的……」蘇小雅咕噥，他知道馮艾保存心支走自己，但在黃齊璋面前，他也不想跟自己的搭檔吵架，只能妥協。「你要喝什麼？前輩想喝什麼？有想吃的東西嗎？」

「不需要，家裡還是有點東西可以招待的，不用特別下樓買。」黃齊璋深深看了馮艾保一眼，嘴角勾了下像是冷笑，也像是感慨，他起身詢問：「喝點茶還是果汁？你們買來的鬆餅蛋糕捲剛好可以切出來吃，焦糖海鹽的？」

「謝謝前輩，我都行，看您方便。」馮艾保也跟著起身客氣回應：「不如我跟小雅一起去幫忙吧？這個時間喝下午茶有些太晚，會不會打擾到您跟費前輩的晚餐時間？」

黃齊璋這次連一眼都懶得看馮艾保了，逕自走回屋內到廚房去準備茶點，馮艾保也真的帶蘇小雅過去幫忙——或者說，名義上是幫忙，誰知道他心裡打什麼主意？

總之最後黃齊璋準備了果汁，顧慮馮艾保怎麼說都是哨兵，蘇小雅又說他來之前喝了一大杯的咖啡歐蕾，黃齊璋與費保羅相伴三十年，很清楚怎樣照顧哨兵脆弱的五感。

端出來的是鮮榨的奇異果汁跟石榴汁，蘇小雅想了想把石榴汁給馮艾保，自己喝了奇異果汁。

倒是黃齊璋面前什麼都沒有。「我不習慣吃點心。」這是他的解釋。

蘇小雅有點拿不準要不要相信，隱晦地看了眼馮艾保徵詢他的意見，就看到哨兵開開心心喝了一口鮮紅的石榴汁，切下半塊蛋糕捲塞進嘴裡，雙眼愉悅地彎了起來。

「果然很好吃……這間店在網路上評價非常棒！我記得費前輩喜歡吃甜食，所以特別買來送他的。」

提到費保羅，黃齊璋的臉色稍微舒緩了些，但那也只是稍微，蘇小雅都懷疑自己是不是想太多看錯了。

「既然受了前輩的招待，那我就回報您一些吧？」吃完點心，馮艾保靠在沙發上，雙手成塔搭在翹起的膝蓋上，一雙長腿舒展開來看得人眼熱。

「什麼回報？」黃齊璋總算願意配合他開口一問。

「嗯……接下來這些話都是我的猜測，您先聽聽看，有什麼不對隨時可以打斷我。啊——真令人懷念，以前我們一起共事的時候，好像也都是這樣做的？」馮艾保用誇張的舞台腔感嘆，但眼神倒是非常真誠。

「是嗎？」黃齊璋依然八風吹不動，無論是動之以情還是曉之以理，都無法在他身上鑿出一絲一毫破口。

馮艾保聳聳肩，歪著腦袋思索片刻，才緩緩開口：「其實我這次來呢，是有兩個問題想請教前輩的。當年，也就是三四年前，差不多是在ＡＴ２３８０扣除前天的案子以外的最後一案發生後不久，有一篇報導橫空出世。也就是『犯罪疑案追擊』這個專欄出的專題報導《搖籃曲殺手》。您應該還有記憶吧？」

黃齊璋面無表情地凝視著兩個後輩，依然什麼都沒表示。

馮艾保原本也不期待會得到回應，接著說：「那是個系列報導，一共有三回還四回，我記不太清楚了，內容很多是穿鑿附會的，情報也不那麼完整，錯誤很多，比如作案的細節手法、死者的數量、死狀等等，還有一些機密線索也都沒有寫出來，看起來還挺有點記者的職業道德。」哨兵笑了下，蘇小雅聽出了其中濃濃的嘲諷。

「不過，也許我們可以這樣猜測。這些被隱藏的消息不是專欄主筆或雜誌編輯秉持著記者的良心及道德而隱瞞下來的，只是單純因為他們根本不知道那些消息，所以才沒有寫出來。我去調查過專欄主筆，他叫做諾以德・菲克斯，曾經是個前景光明、備受期待的社會記者，但因為某些我懶得轉述的無聊事件，他失去了曾經光明的未來，被報社開除，還被記者圈子孤立，最後只能用筆名寫些驚悚獵奇的『類犯罪報導』。」

蘇小雅連忙查詢諾以德・菲克斯這個名字，網路上的資料寥寥無幾，但還是出現了幾個八卦小報或內容農場的新聞用一種幸災樂禍、看似關懷時則訕笑的語氣寫到這個曾經的記者新星如何跌落神壇。

一言以蔽之，誠信問題。

簡單說，諾以德被發現他當初得獎的那個報導，完全是捏造的，事後為了隱瞞這件事，還幹出了傷害罪行，之所以沒上升成殺人未遂，完全是因為諾以德還沒那個膽子。

「我還記得，那一天費前輩跟您請了半天假，下午才進的辦公室。雜誌整個重案組都傳閱完了，人人肚子裡都憋了一口氣，羅啟恩看到費前輩，撕了一頁雜誌下來捏成球，開玩笑扔給費前輩。這其實是大家經常玩鬧的遊戲，費前輩是個活潑愛鬧的人，身手又很好，大家心情鬱悶的時候總喜歡跟他打鬧。」

黃齊璋不知道是否也想起那天的事情，蘇小雅偷偷觀察到他眼中隱約有些淚光的樣子，但一眨眼又沒了，眼神還故意對上小嚮導，搞得蘇小雅異常尷尬，垂下腦袋努力叫自己假裝沒事。

「您還記得那天發生什麼事嗎？」馮艾保輕柔地問，像是很好的朋友，正在緬懷曾經令兩人都很愉快的往事，黃齊璋的嘴動了下，幾乎就要回答了，但很快又緊緊閉上。

哨兵嘆息了聲。「費前輩沒有接到那顆紙球，還發了一頓脾氣，甚至連您都拉不住他，得靠辦公室裡三個哨兵共同壓制，才勉強制伏了費前輩。我也是其中之一，那天我還被揮了一拳，臉腫了三天。」

後來費保羅被注射了鎮定劑，送去醫院裡觀察了兩天才出院，對外是說急性狂化症，應該是被《搖籃曲殺手》這篇報導刺激到了，後來也確實恢復了往日的狀態，平平安安直到兩人因費保羅的病提早退休。

「但我這兩天仔細回想，在您兩位退休前的一年，費前輩就幾乎不出外勤了，總是窩在警局裡梳理ＡＴ２３８０的案子，查證據、查證詞……我甚至都不知道你們為什麼要詢問某個目擊證人二十三次之多。」馮艾保靠在沙發椅背中，修長有力的手指在膝蓋上輕敲。「是因為，費前輩早就被診斷出罹患失智症了對吧？你們需要錢治療，也不願意把AT2380的案子交出來，這是你們職業生涯中唯一的懸案，曠日費時卻一無所獲，對你們的尊嚴及專業來說是極大的汙辱吧？而且，這個犯人還特別懂得隱藏，他默默作案，完全沒想要讓外人知道自己的存在，不曾寄過一封挑釁信給警方，卻又故意把凶案現場弄得那麼囂張，每一次新的案子就是對你們尊嚴的一次踐踏……我說得對嗎？」

黃齊璋抿緊了嘴唇，眼神冷酷得幾乎像刀片，惡狠狠剮在馮艾保身上，但哨兵卻不痛不癢的，對他勾起一抹淺笑。

「我查過了，當年要治療路易氏體失智症很難，其實到今天都很困難，人體真的非常奧妙，你無法真正地逆轉他們出現的損傷，頂多就是減緩而已。時間到了，該怎麼樣還是怎麼樣。你們選擇了超出自己可以負擔的治療方式，當然這也是我透過關係看到的資料，裡面詳細的醫學專業術語什麼的我不懂，但我的小精靈給了不小的幫助。簡單說，你們花大錢希望減緩失智症的進程，用上了剛開始進入人體實驗階段的藥物，那麼請問，這些錢從哪裡來？」

「你們把消息賣給了雜誌社？」蘇小雅不敢置信地看著眼前表情像凝固在臉

上，一點動搖都沒有的中年嚮導。「該不會，這次的案子也是你們通知對方了嗎？所以我們才會在離開現場的時候，碰上那個八卦記者？」

一旦出現疑問，就會有接二連三的問題冒出來，蘇小雅就是這種狀況，他瞪大眼，腦子裡簡直狂風暴雨。「不對啊！那你們怎麼會知道有新的案子發生了？難道說，這個案子真的是你們……可是……你又為什麼還要引導我們懷疑你呢？」

這幾個問題是矛盾的，假如這次案子確實是費黃兩人的手筆，只為了再賣一次消息給記者，他們大可以低調為之。畢竟，之前洩漏情報的事情，直到現在才被馮艾保挖出來。

那這樣，他們犯案的動機就是為了錢，當然不應該把懷疑的目光引到自己身上才對！可偏偏黃齊璋這麼做了。「你們是想替什麼人遮掩嗎？」

蘇小雅唯一能想到的只有這個，他不敢問一個最可怕的可能性，就是其實案子是費黃兩人做的，所以才會在費保羅生病後停止。

黃齊璋瞥了小嚮導一眼，露出一抹冷笑。「馮艾保，你的新搭檔還挺可愛的。」

這是毫不遮掩的嘲諷，惡狠狠地扎在蘇小雅心上，他看了馮艾保一眼，發現對方也正看著自己露出淺笑，莫名地有種臉上被搧了兩巴掌的羞愧感油然而起。

蘇小雅想起自己先前信誓旦旦說著要把凶手逮捕歸案，即使讓那輛火車翻覆也在所不惜。可事到臨頭他卻退縮了，跟他嘴上說的凶狠完全是兩回事，反而是馮艾保真正打算毀了那台衝撞過來的火車。

「他年紀還輕，還在摸索這個世界，別太嚴苛。」馮艾保倒是很有搭檔愛地替蘇小雅緩頰，可這也只是讓小嚮導更無地自容而已。

也許這就是他的目的？蘇小雅忍不住這麼想，然後又推翻自己的臆測，羞恥於自己下意識地推卸責任。

「但前輩您不得不承認，小雅確實提出了疑問跟矛盾之處。」馮艾保把交疊的腿上下換了位置，手指繼續輕敲著膝蓋。「如果真是你們做了這些案子，那把消息放給媒體除了賺錢之外，也是一種犯人對警方的挑釁。那，你們給的素材就太克制了，真正的核心線索都沒有，甚至案子還少報了。不符合犯人的心理邏輯。再來，這次案子也是，若是刻意為之，著實沒必要把嫌疑拉到自己身上，雖然您應該猜到了我是為何而來。」

說著，馮艾保從懷裡拿出一個證物袋，是密封的，然而蘇小雅一眼看出那是未經登錄的證物，他心理很多話想說，比如指責馮艾保私藏證物，但他現在卻一句話也說不出來，乾脆轉過頭眼不見為淨。

證物袋中是個徽章之類的東西，顏色有些黯淡，沾染了些許血漬，圖案看不太清楚了，但仍然可以在燈光照射下判斷有一隻展翅鳥的圖樣。

是和平鴿。

「這是榮譽退休勳章，還有一個配套的獎章，我剛剛進門就在書架上看到了。」

蘇小雅聞言往書架看去，果然看到一個閃閃發亮的獎章，安安靜靜躺在藍色絲絨盒子裡，和平鴿為主體的盾型，展開的雙翅頂著一輪白日，周圍環繞著一圈月桂冠。

「這對您還有費前輩來說肯定非常重要，代表你們一生付出的榮譽。」馮艾保轉動了下手上的證物袋，嘆口氣。「這上面都是有刻名字跟編號的，我想您猜到我會拿出這樣東西對吧？」

「你在哪裡發現的？」黃齊璋聲音嘶啞，冷凝得像面具的表情終於看到一絲裂痕。

「屋外的草叢裡。」

「屋外？」黃齊璋明顯愣了下，接著低低笑出來，他垂著頭，雙肩因笑聲而顫抖，接著越笑越大聲，近乎歇斯底里一樣。

馮艾保沒有阻止他，默默在一旁看著他笑，蘇小雅則不知道該怎麼辦才好，從精神力觸手他可以感受到黃齊璋的情緒，痛苦、自嘲可能還有一些解脫。

「我在屋子裡找了半個小時，沒想到竟然是在屋外。」

笑聲戛然而止。

蘇小雅心情複雜地看著眼前不再冷冰冰的中年嚮導，他年紀還不大，從檔案資料來看，也不過就五十歲出頭，在現今這個平均壽命一百二十歲的時代裡，他連人生的一半都還沒有活到。

他的臉上沒有明顯的皺紋，雙眼卻已經失去了活力，沉靜中透露著疲憊。卸去偽裝後，中年嚮導花白的頭髮更令人刺眼。畢竟不久前，蘇小雅才在書架上看到數年前的黃齊璋。

那時候的黃齊璋看起來很年輕，精神抖擻，笑著的時候眼角有皺紋，但一點都不顯老。一頭烏黑的頭髮整整齊齊，髮型並不古板，反而還有點俏皮。他的手臂勾著另一個與自己身高相當、年齡相當的英俊男人，混血兒的五官特色非常明顯，有雙頑皮帶笑的金棕色眼眸，側頭專注地看著黃齊璋，滿滿都是隱藏不住的愛意。

應該就是費保羅了吧？

照片裡的人，和眼前的人完全無法聯想在一起，甚至都無法想像黃齊璋以前曾經笑得那麼開懷陽光，彷彿眼前沒有任何陰霾，並且被深深地愛著。

蘇小雅不敢想像費保羅現在是什麼模樣，他知道失智症，算是一種現代的主流絕症，比哨兵的狂化症要棘手很多。

現在的費保羅，還記得自己愛的人嗎？還認得黃齊璋嗎？

從照片底部的時間標記，推測是四年多前的照片，卻已經可以說是滄海桑田。

黃齊璋看著馮艾保，眼神中透露著懷念，幽幽地開口：「我從以前就覺得你不簡單，馮艾保，總是能發現我們發現不了的東西。你明明年紀很輕，現在的重案組裡，你也是最年輕的那一個吧？」

「這倒不是，小雅比我小十一歲。」馮艾保笑答。

「剛畢業？」黃齊璋訝異地看了眼蘇小雅。「我以為你是暫時借調給馮艾保當搭檔，畢竟何思離職了，他不能沒有搭檔。所以，你是重案組的新人？」

「對，我是。」蘇小雅總有種很心虛的感覺。

黃齊璋沒多說什麼，只是若有所思地上下打量了蘇小雅一圈後，注意力回到馮艾保身上。「雜誌的事……你從什麼時候開始懷疑我？」

他說的是「我」而不是「我們」，蘇小雅想，這是代表費保羅不知道這件事嗎？全部是黃齊璋自作主張嗎？

「實際上，我在看完那篇報導後，就懷疑您跟費前輩了。」馮艾保卻沒有順著黃齊璋的說法，他並未將責任單獨算在一個人的身上。

黃齊璋抿直了嘴角，皺起眉不悅地瞪著馮艾保。「我以為我做得算天衣無縫了。」

「確實是，所以要不是這次又看到了諾以德．菲克斯，我也不確定當年真是您和費前輩的手筆。」馮艾保半點不讓，見黃齊璋似乎想反駁，他搶先道：「黃前輩，我們不需要在這種事情上爭執，毫無意義。我希望您記得我一開始說的，我今天來是為了表達對你們的尊重，而不是來找你們麻煩。」

黃齊璋呵一聲冷笑出來。「尊重？你私下動用關係拿到保羅的隱私資料，還提什麼尊重？」

馮艾保嘆了口氣，語調溫和且耐心。「確實我私自動用關係拿到費前輩的就醫資料，這是不合法的。我先前也跟您提過很多次，我以為您聽懂了我的意思……是我不夠謹慎，這邊先跟前輩您道歉。」

「用不著，貓哭耗子。」黃齊璋全然不領情，對他來說伴侶的病症是不可觸碰的禁忌，但馮艾保碰了，還拿來迫使他承認一些……他恥於面對的事實，他怎麼可能給好臉色？

「前輩，我就開誠布公地說了，希望之後您願意跟我好好地聊一聊。」馮艾保搔搔臉頰，表情很無奈。「我已經說過許多次了，費前輩的健康報告以及治療紀錄，都是我用私人手段拿到的。您還記得毒樹果實理論嗎？」

黃齊璋一愣，很快就想通了什麼，啞然地看著馮艾保。

「看來您反應過來了。這是我的誠意，因為我使用了非法手段拿到證據，所以由此延伸出來的證據也是被汙染的，訴訟過程中不能被採納，而現在甚至連使用該證據做出的推斷都是可以當作有毒的。您應該明白，如果我想，我大可以直接請法官幫我簽搜索票，讓我直接調閱費前輩的病歷、就醫紀錄，還有您兩位的銀行帳戶往來紀錄，我可以把你們的生活直接撕開來，呈現在大家眼前。」

馮艾保的說法太血淋淋了，別說黃齊璋聽了臉色發白，蘇小雅順著他的話一想，都忍不住打個寒顫。

費黃兩人是榮譽退休的，還拿了動章跟獎章，這無疑是用最沒有餘地的方式把他們的臉皮撕下來踐踏，他們曾經擁有過多少榮譽，現在就會多恥辱。

黃齊璋神情複雜地看著馮艾保，身體微微顫抖。

「今天，只有我跟蘇小雅在，您說的任何話也只有我跟他聽見。我希望，您自願去警局做筆錄，人生中難免會犯下一些錯誤，但主動承擔罪責，大家會願意體諒您跟費前輩的狀況特殊，同情會比失望多。」

寬敞的屋子裡，久久沒有人說話，蘇小雅看著端起石榴汁啜飲的馮艾保，心裡說不出是什麼感覺。

馮艾保好像總是這樣，看似把人逼到了絕境的同時，給你一條生路喘息。

「我……」黃齊璋終於開了口，眼淚也跟著滾下來，他連忙低頭抹去眼淚，再抬起頭的時候已經看不出淚痕了，只有眼眶微微泛紅。

他深吸一口氣。「我接下來說的都是實話，我希望你願意相信我。」

「請說。」馮艾保不給承諾，但黃齊璋看起來卻反而安心了很多。

「確實，我之前是故意把嫌移往我身上拉……我也是在第一線打滾二三十年的刑警了，你們的心態我當然非常清楚。保羅已經是那種狀況了……」黃齊璋的嘴唇抖了抖，眼中泛過一絲淚光，但他眨了下眼就抹去了。「他……從他的就診紀錄還有病歷，你們會知道他現在已經連我都不認得了。」

放在客廳裡的照片不少，每一張都是兩人合照，照片裡的費保羅永遠親密地與黃齊璋相擁，漂亮的金棕色眼眸幾乎牢牢跟著黃齊璋的身影轉，即使愛意從熱烈變得柔和，仍總是那麼坦然地傾注給自己的伴侶。

黃齊璋逐一看了幾張剛好面對自己的照片，深吸口氣緩緩吐出。「我先說說這次的事件吧！我知道，如果我故意做出可疑的言行舉止，你們會先把懷疑放到我身上，但因為我的言行太矛盾了，你們會開始想是不是我在替保羅掩飾，然而保羅已經病成這樣，再稍微調查過後，你們就會很肯定地把嫌疑安在我頭上，認為我是存心設計保羅替我背負罪責。」說到底，就是想方設法把自己送進監獄裡的計畫。

「那……費前輩怎麼辦？」蘇小雅想到那個犯罪現場，還有大家拚命希望找出AT2380，肯定不會輕易放過黃齊璋的。

「我有足夠的存款可以讓他進很好的療養中心，他現在已經不是我能獨立照護的狀態了，我只是……還不願意放手而已……」黃齊璋的語尾嘶啞，聲音輕得像是夢囈，好像怕會驚擾某個夢境，即使那是一場惡夢，他還是不願意被吵醒。

「你覺得……這次的案子是費前輩做的？」蘇小雅按著胸口，他心情很不好過，但還是把問題問出口。

畢竟從黃齊璋的行為，還有現場找到的榮譽退休勳章判斷，費保羅的嫌疑非常大。

黃齊璋沉默了一會，茫然地搖搖頭。「說真的……我不知道。」

「前輩，那天到底發生了什麼事情？」馮艾保問。

「那天……我原本每天都會帶保羅去散步，就像我說的，因為他現在認知問題很嚴重，運動障礙也很嚴重，簡單的生活動作他幾乎都無法靠自己完成了。但，這不代表他屬於哨兵的那部分優勢就會消失。」

意即，就算費保羅現在可能連自己是誰都記不得了，行動上也困難重重，可是敏銳的五感並沒有喪失，他的等級不比馮艾保高，卻也是萬中挑一的優秀了，馮艾保看得到的地方，聽得到的聲音，他起碼可以看到聽到八成。

「我太累了，真的太累了，他的力氣比我大很多，生起氣來時我不靠精神力觸手無法壓制他。但我又不敢太過度，怕會傷害到他的精神圖景，所以經常要花很多時間跟力氣去跟保羅糾纏。」黃齊璋往臥室那扇門看了眼，隨後調開視線，抹了把臉。「我睡著了，那天上午我不小心在客廳裡睡著了，我大概睡了半個多小時至四十分鐘，但醒過來的時候保羅已經不在家裡了……我的心跳差點就停了，深怕他發生什麼意外，但家裡也好社區也好，都找不到人，後來才央求管理員讓我看一下監視器，才發現保羅在管理員去上廁所的空檔溜出社區了。」

管理員看到那段影像後也非常緊張，拜託黃齊璋不要跟管理委員告發自己離開時沒有依照規定關上大門，但那時候黃齊璋哪有心情管這件事，他隨口敷衍管理員說等他回來再討論這件事，就離開社區到外面找費保羅了。

其實，原本結合的哨兵嚮導某程度上能感知到對方的位置，黃齊璋因為太慌張加上他這一兩年跟費保羅形影不離，竟一時間忘記還能這麼做。直到在外頭跑了半小時，卻怎麼樣也找不到費保羅，精神近乎崩潰的時候，他才想起來自己可以用精神力找人。

這一找，就跑到安華區的犯罪現場了。

「我聽到了《我的家庭真可愛組曲》，那當下渾身冷汗停都停不下來，我一直告訴自己是我想多了，但最後我還是看到了那麼熟悉的場景……後門是打開的，我知道保羅在屋子裡，所以不得不進去，音樂聲不是很大，就是隔壁兩三個鄰宅可以聽到的音量。我看到地上有個暈厥的老婦人，應該是發現凶案現場被嚇壞了，我跨過她，走到站在放著胎兒福馬林瓶子的櫃子前的保羅身邊。」

黃齊璋一秒都不敢耽誤，他拉著費保羅離開，出乎意料的，對方並沒有掙扎，乖順地任由他帶走自己，逃也似的回到家裡。

「我先替保羅擦手腳跟臉，確認他身上沒有任何傷痕，雖然他看起來有點狼狽，有幾個瘀青的地方，應該是跟人搏鬥過，但倒是沒有受傷。我幫他打了鎮定劑，想著要不要回去那棟屋子收拾一下，那時候我才發現，他一直別在領子上的勳章不見了。」黃齊璋說到這裡，緊握的雙手渾身控制不住地顫抖起來。「我當下只覺得害怕，非常非常害怕。保羅到底離開了多久我根本不知道，他照理說也沒有能力進行什麼精細的工作，如果人真的是保羅殺的，現場不可能那麼乾淨整潔，我明明知道的……可是我不確定……」

人類的認知就是這麼詭異，就算因為疾病，導致大多數時間都是混亂的，但也會偶爾有突然清醒的時刻。

黃齊璋不敢賭，萬一賭錯了呢？

於是他帶了一些用得上的清潔用具，又回到了凶案現場，一邊找遺失的勳章，一邊把費保羅可能碰到過的地方都擦拭了一回，當然也包括了屍體，還將音樂給關了，並用乙醚加深了目擊老婦人的昏迷程度，最後敞開大門離開了。

「聯絡諾以德．菲克斯也是因為我擔心，萬一最後勳章被找到，我必須確保保羅不受到任何懷疑，就算賠上我自己也無所謂。那我就需要錢……雖然我有一些存款，但我怕不夠用……所以才把消息又賣給了雜誌社。」

一小塊拼圖找到了，雖然不知道費黃兩人是否就是AT2380，但對蘇小雅來說，他絲毫沒有一點找到嫌疑犯的快慰，只有滿滿的苦澀讓他的舌根都跟著發苦。

「您說，費前輩像是與人搏鬥過？」半晌，馮艾保突然問道。

「對……有什麼不對嗎？」黃齊璋疑惑。死者是個哨兵，他原本以為費保羅可能就是跟死者發生搏鬥。

「這次的受害者與往常不同，並非在午前受到攻擊，而是在凌晨被凶手襲擊的。且不論那個時間點你們究竟有沒有對自己的行蹤撒謊，本次的男性受害者都沒有與人產生任何肢體衝突，更遑論搏鬥。」馮艾保雙眼放光，看著黃齊璋。「前輩！我懷疑跟費前輩發生搏鬥的人，是犯人。」

因為目擊證人黎安太太吸入過乙醚，所以記憶有可能出現缺失或混亂，她可能根本不是被音樂吸引過去，而是被打鬥聲吸引的。但一開始不敢出去看，所以躲在屋子裡，直到打鬥結束她擔心隔壁太太有什麼意外，這才去隔壁探望，然後被死亡現場嚇暈了……或者被費保羅嚇暈也難說。

過去，凶手離開現場前會播放音樂，但因為這次的犯案時間特殊，即便凶手再怎麼自大，也掩蓋不了謹慎這個基本性格，絕對不可能在深更半夜播放音樂。

然而，依照黎安太太證詞，她確實有聽見音樂聲，那麼非常有可能凶手是之後回到犯罪現場播放音樂。

若真是如此，費保羅與凶手見到面並發生搏鬥的可能性，大大提高了！

第六章　那個嫌疑犯出人意料

要說，這一星期來震驚中央警察署的消息，除了AT2380再次犯案外，大概就是榮譽退休的黃齊璋前高階刑警自首與AT2380最新一案有關的事件吧！

黃齊璋是在案發第五天，也就是馮艾保與蘇小雅去拜訪後的兩天出面自首的，重案組裡的同事們看馮艾保的眼神都有點不對勁，特別是他們不只看到黃齊璋，還看到了許久未見的費保羅。

退休後，因為病症的關係，除了岳景楨曾去拜訪過幾次外，重案組的同僚誰都沒再見過費保羅這個曾經大名鼎鼎的高階刑警。

實在是因為不忍心。

新人對退休的前輩認識不多，自然不會貿然去打擾，畢竟雙方都是陌生人。

老刑警則是不知道可以用什麼態度去探望，他們心目中的費保羅是那樣意氣風發、雷厲風行，很多人曾經被費保羅指導過，對他有一層敬畏與尊重。

失智症是什麼狀態，大家心知肚明，誰也不願意去破壞自己心中曾經的美好過往，畢竟這些回憶的主人公，自己已經漸漸淡忘掉這些了，總得有人替他記著不是嗎？

黃齊璋並不是獨自前來自首的，他還帶了兩個人。一個是配合許久的鐘點看護，一個則是費保羅。

這也是蘇小雅第一次見到費保羅本人。

相較於黃齊璋肉眼可見的滄桑憔悴，費保羅的狀態倒是出人意料地好。他以前是一頭深棕色微捲的頭髮，現在顏色褪了很多，淺淺的棕色在燈光下依然耀眼，自然捲的弧度很俏皮，看得出一直被精心打理著，蓬鬆地堆在腦袋上，即使已經年過半百，看起來仍像個純真孩子般可愛。

他膚色略顯蒼白，應該是平常不太曬太陽的關係，那雙顯眼的金棕色雙眸還是盛著滿滿的光彩，雖然黃齊璋說出門前餵他吃了點鎮定的藥物，卻沒有絲毫服藥後會有的呆滯遲鈍模樣。

費保羅就是極為乖巧地跟在黃齊璋身後，無論黃齊璋到哪裡，他就一定要跟到哪裡，視線範圍裡不能看不到人，否則就會開始躁動。

所以，即使請了鐘點看護，對方的工作卻很輕鬆，主要就是幫忙拎包跟看顧貴重物品，完全不需要煩惱費保羅的照護。

因為馮艾保是這次案件的負責人，即使先前已經聽過黃齊璋的自白了，但那畢竟不是正式口供，他也如同承諾的那般，並未跟任何人提及當天拜訪時聽到的任何一句話，回警局後還若無其事地把扣下幾天的勳章補交給鑑識科，說是回現場後才找到的。

鑑識科的主管看起來並不相信馮艾保的鬼話，但也沒多說什麼，應該是看出來證物袋裡的勳章原本屬於何人了，默默將之收下後把馮艾保趕走。

偵訊室裡，蘇小雅回想了下當初在黃齊璋家裡的那些問題與回答，他有些緊張，怕自己問錯問題，或者漏問了什麼問題，暴露出自己其實早知道黃齊璋身上發生了什麼事，那馮艾保的用心就白費了。

他不想浪費馮艾保對前輩們的善意與尊重，在偵訊室門外徘徊了好一陣子都不敢推門進去。

同事們包含岳景楨都以為他只是被黃齊璋的身分嚇住了，畢竟一個小菜鳥要訊問大前輩，正常人都會徬徨失措的。

安潔琳跟另一位嚮導童語紛紛給予支持並寬慰他，甚至說可以代替他進行這場越級打怪般的偵訊，卻都被蘇小雅婉拒了。他還是覺得自己應該想辦法面對這次事件，也許私心下也希望由自己開口，能讓黃齊璋好過一點。

過程倒是出乎意料地順利，蘇小雅發現自己的擔心都是多餘的，也把黃齊璋想得太弱勢了。對方比他多了三十年的經驗，可以不動聲色地替蘇小雅把各種錯漏給補上，還做得天衣無縫。

一場約四十幾分鐘的訊問結束，該講的消息都講了，黃齊璋也如之前討論的那樣，承認自己妨礙司法調查，也提起費保羅當天出現在犯罪現場的事實。

蘇小雅離開偵訊室的時候，腦子嗡嗡響，說不上來是什麼心情，關上門的時候他回頭看了眼狹窄的房間，費保羅靠著黃齊璋，臉上帶著依賴的笑容，金棕色的眼眸閃閃發亮地看著這個他其實已經不記得的人。

因為黃齊璋的罪責無庸置疑，會先暫時拘留在警局裡。考慮到費保羅狀況特殊，又離不開黃齊璋，也許之後會先暫時讓他們交保候審，一切等檢察官裁定。

負責ＡＴ２３８０案的幾個人團團圍坐在辦公室的一角，沉默地翻閱口供資料，氣氛異常低迷。

「所以……這次的凶手可能……呃……」羅啟恩率先開口，但話說了一半卻不知道該怎麼接下去。

「不能排除這個可能性，但我認為可能性不高。」馮艾保不需要聽他講完整，徑直提出自己的看法。「不需要被這個插曲偏移了關注重點，你們也看到費前輩的病歷了，他現在的病況不排除會因幻聽幻覺引發攻擊行為，但他的肢體行動力高概率執行不了過於精細的動作。」

大家立刻回想起費保羅宛如孩童學步般歪歪斜斜的身影，心中都紛紛鬆了口氣。

雖然還沒有直接證據證明，但依照他們對案件的認識，以及長年的經驗判斷，生剖子宮取出胎兒，並且沒在受害者身上造成除下腹及眼睛兩處以外的傷痕，就是個非常需要高度肢體控制能力的動作，費保羅生病前肯定沒問題，但現在的他絕對辦不到。

「那，我們怎麼證明費前輩可能跟凶手發生過搏鬥？也有可能費前輩只是單純被音樂聲吸引，畢竟他的聽力非常敏銳，一開始也許是隨意亂逛，但恰好聽見了《我的家庭真可愛組曲》，基於過往經驗所以被吸引過去，然後在路上因為行動障礙摔倒過，才有了身上的傷痕，完全是合理的。」安潔琳立刻提出自己的看法，可以的話她還是不太希望兩位前輩跟這個案子有過多的牽扯。

「你們點開證物欄看一下，我早上去提交了新發現的證物，應該已經登記進去了。」馮艾保咬著棒棒糖，身體深深靠在辦公椅背上，仰著頭凝視挑高天花板，聲音懶得像要睡著了。

眾人連忙點開自己手腕上微型電腦裡的證物庫目錄，果然發現一個閃閃發亮的new字樣。

也不知道是誰的品味，這個鮮紅色的字體看起來異常突兀，卻也沒人提過要改一改。

新證物是屬於費保羅的榮譽退休勳章，上面有血跡，正在進行化驗。

「如果這個血跡不屬於費前輩、黃前輩、受害者跟目擊者的話……」童語輕輕搗住嘴，雙眼發亮。

「那就只可能屬於凶手了！」安潔琳也瞪大眼，整個人非常振奮。

「也別高興太早。」馮艾保大概是屬冷水的，在幾人為了有效的新證據興奮的時候，出面潑了大家一桶冷水。「別忘了，第一案裡也發現過血跡，但持有人已經死亡多時。」

這就很尷尬了，第一案的承辦分局可以說是被這個天降血跡搞得人仰馬翻，最後卻一無所獲，連為什麼死人的血會出現在現場的原因都找不到，反而還因這個發現，拖緩了破案的速度，導致案件最後成為懸案——當然，第七案開始大家知道這是個連環凶殺案，第一案偵破的可能性原本就很低了，但若當時不被血跡證據誤導，誰知道會不會找到更多有用的線索呢？

「我一直很好奇，為什麼能確定血跡的擁有人就是那起嚴重車禍裡的焦屍？」蘇小雅舉手發問。

「因為粒線體證據。就如同先前告訴你的一樣，我相信你也從案件資料裡看到了，焦屍與血液擁有人的生理母親有親屬關係，或者說他持有母親這一脈的ＤＮＡ，當然也可能是阿姨、外祖母等等，但經查持有人的母系族譜中，沒有不明失蹤者存在，這才確定焦屍是血液持有人。」馮艾保很耐性地解釋。

即使如此，小嚮導還是歪著腦袋，似乎不太能接受。

「你覺得哪裡有問題？說出來跟大家討論討論。」馮艾保鼓勵道，其他幾人也點頭贊同。

蘇小雅皺著眉頭，下意識地把手上的筆塞進嘴裡啃了幾口，咬得還挺用力，留下細小卻很深的牙印，馮艾保伸手拉了下他的手腕，把筆從小嚮導嘴裡解救出來，接下來塞了根棒棒糖過去。

蘇小雅被嚇了一跳，喀嚓咬下一塊糖塊，牙齒都麻了。

他搗著嘴，不爽地瞪了馮艾保一眼，含糊道：「其實也不是覺得哪裡有問題，就是有種感覺……好像，我們是不是疏忽了什麼……」

這個回答可以說是非常籠統了，幾個前輩面面相覷了下，見馮艾保沒開口，安潔琳只好出面當壞人。「小雅，雖然辦案需要一點靈感或直覺沒錯，不過你這種說法太模糊了，我們都不能理解你所說的『疏忽』是什麼意思。」

畢竟這個案子橫跨二十四年，不提這幾天高強度地重新審視過往證據，費黃兩人起碼在負責案子的時候是非常盡心盡力的，也許他們因為私利把部分消息賣給雜誌社不假，這次黃齊璋還因為一己之私破壞了第一現場，但要說他們忽略了什麼證據或線索，大家是不以為然的。

蘇小雅年紀輕，剛入職就碰上這麼個嚴重的案子，容易胡思亂想也正常，但必須要立即提醒小朋友不能讓思緒飛揚得太遠，否則反而很容易忽略眼前扎扎實實的證據，最後增加破案難度。

蘇小雅被講得臉紅，他尷尬地點點頭，跟安潔琳說了聲謝謝，垂下腦袋不敢再多說什麼了。

「我倒覺得沒這麼絕對。」馮艾保這時候開口了，他把吃完的棒棒糖棍子扔進垃圾桶，側頭看向因羞恥眼眶微微泛紅的小嚮導，輕笑。「辦案的時候，有些新鮮的看法不見得是壞事，特別是這個案子。二十四年了，我們的想法可能都被侷限在某個框架裡而不自覺，小雅剛入職，也許經驗不足，但看事情的角度靈活很多，說不定你的直覺是有價值的。」

其它幾人互相對望了眼，多半不以為然。但馮艾保的話很有分量，大家也不好直接出言反駁，乾脆就不回應了。

「你們是不是以為我在替蘇小雅緩頰？」馮艾保好笑地看著大家，又問：「你們不是第一天認識我了，應該知道我的脾氣，如果我今天覺得蘇小雅的意見沒有價值，我不會幫他說話的，不是嗎？」

呃……這倒是。

大家露出尷尬的笑卻無法反駁。

馮艾保這個人嘴巴是真的很厲害，腦子又真的轉得很快，還有一股子傲氣，日常生活中他很好說話，也很樂於捧著別人，但牽扯到案子就完全不是這麼一回事了。岳景楨當上重案組組長前，過去的老組長就因為行事作風太保守，被馮艾保氣得胸痛好幾次，最後也可以說是眼不見為淨乾脆退休養老去了。

馮艾保有能力，也有脾氣，還有家世，他是真的可以不用給重案組裡任何人面子的。就算是面對自己的搭檔，想想何思抓狂過的次數……大家看向蘇小雅的目光友善了很多。

莫名其妙收穫大家的善意……或者說同情，蘇小雅半點開心都沒有，他只覺得更羞恥了。

「反正，老路線有他們四個人走，你不妨試試自己的新方法，去想清楚到底哪裡有問題讓你掛心。」馮艾保直接拍板，分配倒是很合理。

確實，案子走到今天這個地步，萬一動章上的血跡與第一案中的血跡一致，還不如乾脆沒發現這個證據來得輕鬆。

如果蘇小雅真的能打開另一條思路，對案子說不定是強大的助力。

老路線多一個人走少一個人也確實沒差，馮艾保這人做事又往往不太愛侷限在某種框架裡，那不如兩邊分頭行事，說不定真能讓他們找到突破口？

「那就這麼決定了。」馮艾保一拍手，從椅子上站起來。「我不行了，我得去抽口菸！你們繼續忙吧！有什麼發現再通知我！」

說著，悠悠哉哉地晃出辦公室，留下幾個人相視苦笑。

☼ ☼ ☼

有句老話是這麼說的「福無雙至，禍不單行」。

以前蘇小雅沒聽過這句話，就算聽到了也無法理解這是什麼意思。但他現在完全懂了，好運只是曇花一現，厄運卻會源源不絕。

好比他在重案組的日子就是這樣，從實習期開始算起，到今天經歷三個案子，當初他是腦子一熱簽下了實習申請，卻並不覺得自己會成為一個刑警，更別說進重案組工作了，要不是對白塔真的太好奇，而且老鼠又那麼可愛，加上第一個案子雖然死者身分特殊，地點特殊，最後並不特別複雜，還讓他運氣很好地碰上了精神力是一條蛇的安德魯・桑格斯，漂亮地打響了第一炮，就這樣建立了信心跟某種自滿的情緒吧？

但他從沒想過，這個成功就是他重案組生涯目前為止的巔峰了，後面發生的情況只能說每況愈下。

蘇小雅真的不想自憐自艾，畢竟路是自己選的，但在看到勳章上的血液樣本化驗結果後，他真的有一種自己是不是選錯行的絕望。

不出所料，即使大家心裡都不肯放棄希望，但化驗報告就像兩隻大巴掌，往重案組的每個人臉上啪啪打了個十幾下，擺明要將所有人內心深處的痴心妄想給打飛。

勳章上的血跡，與第一案中找到的血跡，DNA匹配度99.999%，簡單說就是同一個人，因為沒有百分之百這種東西。

於是這條線索等於廢掉了，因為這個DNA屬於一個已經死了二十多年的人，這個人沒有任何基因留在世界上了，他死的時候沒有結婚，沒有女朋友，也沒有小孩，而他悽慘地被燒成了焦炭，還得靠化驗灰燼中的粒腺體確認身分。

本以為費保羅跟黃齊璋給AT2380案製造了一道曙光，然而從結論來看，陰雨天裡的曙光在厚厚的雲層面前，很快就會被吞沒掉了，什麼也沒能改變。

儘管依照馮艾保的推測，很可能聽到打鬥動靜的還有第一目擊者黎安太太，可老太太年紀大了，又受到過度驚嚇，案件過後就火速賣掉房子搬去與自己的兒子同住，自然也不願意再次回想當天的細節，想不起來正好不是嗎？

於是，案子又進入死胡同，倒是蘇小雅想到自己覺得不夠嚴謹的地方在哪裡了，於是他約了馮艾保談話。

這傢伙最近不知道在忙什麼，三天兩頭不見人影，身為搭檔要見他都難。

蘇小雅手上拿著何思在職時常喝的「極濃！雲朵咖啡」，啜了兩小口後，一陣一陣彈跳的太陽穴冷靜了很多，腦子也不再嗡嗡作響，就是人還有些茫然，半失神地坐在重案組專屬的休息室沙發上，兩眼失焦地對著打開的電視，上頭是最近很流行的綜藝節目，講什麼藝人跑到荒島拓荒，要建設出一個村落，目標是讓荒島成為所在地方政府正式承認的一個行政區之類的。

距離約好的時間還有兩分鐘，他最近一段時間忙到把家裡當膠囊旅館，三餐都是何思替他送來的，蘇經綸很擔心弟弟，但也幫不上什麼忙，只能努力做便當，務求在飲食維持一定的水準，保養好蘇小雅的身體。

休息室的門被輕輕敲了兩下，打開後露出馮艾保的臉。

看到蘇小雅後，哨兵露出淺笑。「看電視休息？」

「也不是……」蘇小雅搖搖頭，拍拍身邊的空位。「坐吧，不知道你在忙什麼，都見不到人。」他也不是抱怨，就是語氣有點酸。

馮艾保挑了下眉，漂亮的桃花眼亮晶晶的，可比小組裡的每一個人精神都要來得好。

依言在蘇小雅身邊坐下，馮艾保也不急著問小嚮導有什麼事情，而是陪著看了半小時電視。

「我知道之前所謂的疏忽是什麼意思了。」大概是糖分的幫助，也可能是因為馮艾保身上的味道真的很好聞又提神醒腦，開口的時候蘇小雅已經不是先前那副行屍走肉的模樣了。

「什麼意思？」馮艾保適度回以好奇。

「我查過所有的檔案，也打電話去問過曾經經辦的人員，也問了阿思哥哥，我發現大家都沒有調查過，這組ＤＮＡ的原始持有人的家族，是否出現過哨兵或嚮導，並且與對方斷絕了關係。」

蘇小雅花了一點時間把DNA的原始持有者——也就是一個叫做蔣泰山的年輕男子——的母系家族，往上查了六代，確定整個家族都是普通人，沒有出現過一個哨兵或嚮導。

這有幾個可能性：一、確實整個家族沒出現過哨兵與嚮導。二、曾出現過哨兵，但在哨兵進白塔後就與其斷絕關係，並且註銷了與那個哨兵孩子的所有社會關係，就如同白塔案中黎英英及簡正的父母那樣。三、曾經生出過哨兵或嚮導，但一出生檢測完基因後就出養，這種狀況下也不會登記生身父母是誰，名面上與家族不會有任何社會關係。

如果是第一種可能，那確實沒有深入調查的必要，這個家族的家系族譜都很明確，不存在任何可疑之處。

可若是後兩種，研究院倒還是有資料可以查的，只不過必須要出示足夠有力的證據，且要通過審核才能申請調閱，畢竟做出放棄親權跟斬斷社會關係的決定了，對方絕對不希望再次被打擾。再說了，基於人民隱私的保護，這些資料到達一定的年限都會被銷毀，遑論輕易被調閱了。

這也是為什麼蘇小雅選擇私下跟馮艾保說的原因，他知道馮艾保在研究院裡有人脈可以使用。畢竟，他們手上真的沒有足夠的證據去申請查閱蔣泰山母系家族過往的資料。

總不能說，我們因為血液樣本的ＤＮＡ有疑慮，懷疑當初死的人不是蔣泰山本人，想查閱他母系家族有沒有曾經斷絕社會關係的哨兵或嚮導子嗣及其後代存在云云，研究院是不會接受這種理由的。

還是那句話，你要先證明那具焦屍不是蔣泰山，否則蔣泰山就是那具焦屍。基本上是個無限迴圈。

「這是個很好的著眼點……」馮艾保揉揉下顎，沉吟：「實際上以前黃前輩跟費前輩有想過，但技術上我們調閱不了這種保密層級的文件。」

蘇小雅心知肚明馮艾保會這樣回應，他有點焦急，但又不好直說希望哨兵動用自己在研究院的人脈，說不定那個人脈牽扯到馮靜初與保澄夫婦，到時候又會惹得一身腥。

可是，這看起來是ＡＴ２３８０案目前最好的突破口了，萬一呢！萬一真的有那麼個被趕出家族的哨兵或嚮導，他的子嗣介入了ＡＴ２３８０案中，很多麻煩就迎刃而解了！

「你想拜託我研究院裡的小精靈嗎？」馮艾保早就看穿小嚮導的心思，眼看再逗下去小朋友要急死了，他才壞心眼地問。

「對！能不能拜託他……呃……」蘇小雅發現自己的態度太急促了，清清喉嚨放慢速度。「就是，你覺得這個方法如何？」

「不太好。」這次馮艾保就沒繼續吊蘇小雅胃口了，很坦然地說：「非法手段拿到的證據沒有用，就算真的因此找到凶手，上法庭大概率不會有罪。」

蘇小雅一愣，這才回想起先前馮艾保說過的毒樹果實理論，他當然也知道這個理論，以及實務上的使用規範，但他卻下意識遺忘了這件事……小臉微微刷白，蘇小雅頹然倒在沙發上。

「但你的著眼點是正確的……現在就卡在我們要怎麼證明蔣泰山可能還活著。另外，蔣泰山是普通人，沒有受過任何專業訓練，他要制伏低階哨兵嚮導的困難性很高。」

這大概就是所謂的繞了一大圈回到原點吧？蘇小雅鬱悶地把最後一點雲朵咖啡灌進苦澀的嘴裡，被甜得打了幾個寒顫。

看小嚮導可憐兮兮的模樣，馮艾保有意安慰他，手才剛搭到青年纖瘦的肩膀上，休息室的門毫無預警幾乎是被踹開的。

傑斯站在門外，身邊是羅啟恩，兩個哨兵喘著粗氣，其中一人手上拿著電子書用力晃了晃。「出大事了！」

馮艾保一皺眉朝羅啟恩伸手，電子書被交到他手上，螢幕上大大的幾個字落入眼中。「搖籃曲殺手再次犯案，第一嫌疑人竟是該案件前負責人黃某某及費某某。」

蘇小雅猛抽一口起。「這是怎麼回事！」

馮艾保沒說話，表情冷淡地快速瀏覽完整篇報導，通篇不出意外是捕風捉影，但偏偏附上了黃齊璋與費保羅的進入警局以及被押送去地檢署的照片，還有交保候審離開時的照片，甚至連兩人的住所都曝光了。

當然，同時還有兩人當年榮譽退休時的領獎照片，最關鍵的是，文章裡附上黃齊璋把案件消息賣給雜誌社的通聯資料及匯款單，兩次買賣都附上了，第二次還有音檔。

最後的記者名字，不出所料寫著諾以德・菲克斯。

馮艾保難得露出極為嚴肅的表情，他隨手把電子書遞給蘇小雅，詢問羅啟恩：「消息報出來多久了？」

「大概有十五還十六個小時了，一開始沒有引起多少人關注，所以我們也沒有注意到。後來是資訊組的工程師發現不對，才通知了我們。但那個時候，消息已經延燒開了，幾個大的媒體都有轉載這篇報導。」

羅啟恩說著拿起遙控器，把電視換到新聞台，果然出現特別報導，鋪天蓋地是榮譽退休的刑警瀆職，甚至有可能參與了某起連續殺人案件的消息。

「費前輩跟黃前輩現在怎麼樣了？」

馮艾保懶得看這些新聞報導，ＡＴ２３８０畢竟是重大案件，幾間大新聞台還算克制，沒有去挖掘案件本身，主要圍繞在前刑警瀆職事件上，頂多透過雜誌報導影射案件，不需要過度關心。

「我們已經派人去帶他們離開，送他們去安全屋避風頭。」羅啟恩幾人怎麼說也是經歷大風大浪可以獨當一面的重案組刑警，該幹嘛不需要馮艾保一個口令一個動作，早都安排得妥妥當當了。

「諾以德・菲克斯這個人該怎麼處理？」傑斯問。

「不能怎麼處理，只能問黃前輩要不要提告。」馮艾保態度依然冷靜，總之目前不是公權力可以介入的。

傑斯理性上也明白，但就是氣不過，也不知道這個諾以德・菲克斯籌謀多久了。

其實黃齊璋賣消息的時候都是匿名，照理說不該被查到真實身分。但也許是記者的敏感度，或單純是諾以德這個人不要臉，他拍到了黃齊璋自首的畫面，不知道用什麼方法打聽到他與這次案件有關，索性把兩件事兜一起，將消息販賣、真凶這兩個身分按在費黃兩人身上，卻沒想到誤打誤撞成了。

當然，這也只是羅啟恩等人的猜測，事情究竟如何他們也沒辦法去找諾以德證實，心裡悶著一口氣腦子都嗡嗡響。

蘇小雅也是相同狀況，他看了兩次報導，小臉氣得通紅，胸口劇烈起伏，這時候就很希望這篇報導是紙本的，這樣還能撕了出氣，電子書又不能砸壞了，多浪費！

「公關部應該已經跟組長在研議怎麼發聲明了，這不是我們需要擔心的事情。倒是要注意，最近查案的時候別讓諾以德又找到空隙拍到什麼照片，費前輩跟黃前輩那邊，找生面孔去照顧。」馮艾保拿走蘇小雅緊捏在手上的電子書，把頁面按掉後還給羅啟恩，沉穩地交代接下來的應對方式。

不管是大報還是小報，這種案情被似真似假地報導出去的情況也不是什麼很少見的狀況，只不過這次牽扯到榮譽退休刑警，但這也不是他們這些第一線刑警需要擔心的事情。

「另外，找人盯著諾以德，我擔心真正的凶手會對他下手。」

聽見馮艾保最後的交待，包含蘇小雅在內的三個人都露出不以為然的表情。

「幹嘛找他？覺得自己的功績被別人頂替了，很不高興嗎？那也應該找前輩們麻煩才對啊？找諾以德・菲克斯幹嘛？圍觀垃圾嗎？」蘇小雅仗著自己年紀小，稍稍口無遮攔了一下。

馮艾保輕笑了聲。「還記得我說過什麼嗎？這個凶手，非常可能是警界中人，他沒有寫信挑釁警方，可能是因為對警方有認同感，或者怕會露出馬腳。別忘了，他會為了那個還不確定什麼時候投入使用的技術，挖了這次死者的雙眼。這麼小心，又對警方沒有明顯惡意，甚至搞不好還有善意的人，在看到諾以德汙衊警方的時候，會不會想幹點什麼？我不知道，但我得預防。」

道理確實是這個道理，傑斯跟羅啟恩縱使有再多不滿，就算諾以德是個人渣，但他們也不希望凶手出手殺了對方，畢竟仔細想想，諾以德・菲克斯的家庭，幾乎與受害家庭組成契合。

他是低階哨兵，娶了一位低階嚮導的太太，唯一條件不足的地方，就是他們已經有了一個小孩，目前妻子並未懷孕。

「知道了，我們這就去找人監視。」

羅啟恩拉著傑斯離開，休息室裡又只剩下蘇小雅與馮艾保。

小嚮導顯然非常不愉快，眉頭皺得九彎十八拐，賭氣地插著雙臂表示不想跟馮艾保說話。

馮艾保笑吟吟看著氣呼呼的小朋友，伸手把人攬過來，拉出他一隻手，掌心向上。

下一秒，胖呼呼的黃金鼠就出現在蘇小雅手中，一臉呆萌地歪著小腦袋，對蘇小雅抽動鼻尖。

呃……蘇小雅心口一軟，很丟臉地被安撫住了。

☼ ☼ ☼

諾以德・菲克斯一直覺得這個世界對自己嚴苛且充滿惡意。

平凡無奇的人、愚蠢遲鈍的人、怯懦膽小的人，都一個又一個從他的身後跑到他面前，甚至遠遠地甩開他，連背影都看不到。

這是個充滿垃圾跟蠹蟲的世界。

諾以德坐在自己的二手車裡，車子裡味道並不好，滿滿的菸味、酒味、食物發餿的味道，可能還有他本人發餿的味道。

菲克斯這個姓在原文中與鳳凰同音——也就稍微差了一個音節，但諾以德相信，自己就是鳳凰。會涅槃重生，經歷磨難後，成為最耀眼的、令人景仰崇拜的存在。

他現在也許鬱鬱不得志，但他知道自己總有一天能讓這些看不起自己的人後悔，跪在地上企求他的憐憫與幫扶。

到時候，他要把看不起自己的雜誌社總編甚至老闆，通通弄死，讓他們嘗試嘗試自己這幾年受到的屈辱。

還有那個把自己開除，害自己淪落到今天這個地步的老東家，記者靠的就是一枝筆，這枝筆有多大的能量他心裡太清楚了，他也許弄不垮老牌媒體大亨，卻可以讓他們不得不低頭跟自己求饒。

諾以德暢想著未來，同時惡狠狠地咬了口手上已經乾掉的法國麵包，牙齒咬得發疼，只能一點一點用口水弄軟跟菜瓜布沒兩樣的麵包體，憤恨地試圖將之吞嚥下肚。

他現在蹲守的地方是安華區的警察分局，也偷偷拍了幾張有用的照片，但關聯性還不夠，他得想辦法找到有足夠分量的人，從對方嘴裡挖到一些情報才行。

想起前兩天引發熱烈回響的報導，諾以德臉上的笑容就更陰狠得意了幾分。

搖籃曲殺手是多好的題材，他從三年多前第一次拿到這個線報時，就覺得這個案子能讓自己翻身，再次回到新聞界那個被萬人讚譽的地位。可惜，對方很謹慎，只跟他交易了一次，他根本找不到提供情報的人是誰，只得翻來覆去把稀少的素材硬生生寫出八篇系列報導。

但因為獲得的情報真的太少，離讓他湊個十全十美都辦不到，導致這篇報導儘管稍稍在特定族群間有了一定的熱度，這些熱度卻也很快就消失了。

搞得他這幾年不得不繼續寫些垃圾文章，把一些子虛烏有的案子寫得煞有介事……哼！他可是曾經得過卓越新聞獎的優秀記者，還差一點獲得世界級的獎項，要不是有個老女人硬要跑去實地調查他的新聞真實性，他怎麼會被取消獲獎資格，甚至被新聞界乃至記者屆除名孤立？

不過這個仇他倒是報了一點，那個老女人不過是個普通人，在他這種哨兵面前簡直是螻蟻一樣的存在，竟然還有膽子單槍匹馬全世界跑新聞，這根本就是自己把刀子遞到他手上。

當然啦，什麼殺人強姦之類的諾以德也不恥做，他是個記者，就算被記者圈子放逐，他也要有屬於記者的傲骨。所以他跟蹤了那個老女人一陣子，拍了幾張她與其他男人私會的照片，寫了一篇八卦報導，將對方塑造成一個靠性上位，用性換取資源且有性癮的賤女人。

諾以德想起這件事就忍不住嗤嗤低笑。

新聞也許是報導事實沒錯，只不過這個事實到底是誰眼裡的事實，那就有很多解讀空間了。

就像這次，他把黃齊瑋跟費保羅當成賣自己消息的人，並將凶手的名頭按在他們身上……管他們到底是不是呢？現代社會的人就是一群顢頇又腦滿腸肥的蠹蟲，一口一口吞吃著媒體餵養的資訊，還沾沾自喜認為自己見識廣博還會思考。

思考？把別人思考的結果當成自己的，這就是現代人最大的無知。

諾以德又咬了一口麵包，這回來不及吞下就看到自己等待許久的人出現在警局門口，他像隻鬣狗般雙眼發亮，隨手拋下吃了半天都咬不了半根的法國麵包，迅速跑下車朝目標逼近。

「謝警官！」

聽見他的叫聲，謝一恆警官先是皺了下眉，接著先支開身邊的同事，才面無表情地看向朝自己奔來的諾以德・菲克斯。

「菲克斯先生。」中年警官穿著藍色西裝，沒有穿外套，淺灰色的襯衫袖子挽到手肘上，看樣子只是稍微出來跟同事交代點事情，沒有要外出的打算。

諾以德不動聲色地在心裡嘖了聲，他從來就看不起這個普通人警官，但臉上還是帶著油滑得令人不快的笑容，裝模作樣地打招呼。

「好久不見啊，謝警官。我以為，你最近應該要去中央警察署幫忙處理搖籃曲殺手的案子，畢竟你經驗豐富啊！」

說的雖然是實話，話與中的意味深長且令人反胃。

謝一恆並沒有隨之起舞的打算，他抱著雙臂站台階最上方，俯視在台階下方的諾以德。

「如果你有好好做過功課，那就該知道，這個案子很早以前就是由中央警局重案組負責了。」說著，謝警官露出一抹笑。「我記得前兩天你不是才寫了篇報導，說負責此案的前警官是嫌疑犯嗎？今天自己就忘了？」

諾以德哈哈一笑，他心裡對謝警官的嘲諷倒不是很在意，更得意於對方看了自己那篇報導，也顯然被報導內容弄得很不愉快，可見他確實踩到了警方痛腳。

「別這麼說，我也只是猜測，所以用嫌疑犯啊！但話說回來，如果那兩位是清白的，又為什麼要把消息賣給雜誌社？甚至前幾天的案子還賣給了我？大家都是懂的人，連環殺人凶手最想要的就是出名，或者對警方挑釁不是？綜觀他們的行為，我不認為我的猜測是空穴來風。」這幾句話諾以德故意說得特別大聲。

安華分局的地理位置是在最繁華的商業街附近，隔十分鐘左右路程處還有個大賣場，所以這附近人流車流都不少，他這幾句話很快就吸引到路人的注意，開始有些好奇的人停下腳步想聽八卦了。

這也是諾以德常用的伎倆，吸引路人的圍觀跟注意，打亂對方的腳步，讓對方喪失冷靜，接下來就可以在某種程度上由他掌控對話的主控權。

但謝一恆也不是缺少經驗的年輕人了，他冷淡地看著諾以德。「無可奉告，順便跟你分享一個消息，再四十分鐘後中央警察署會招開一場記者會，解釋費前警官與黃前警官的事情，你現在趕快去應該還來得及。」

意料之外的消息讓諾以德臉上的得意僵住，也就是這個縫隙，謝警官對他露出親切憨厚的笑容。「對了，您有記者證吧？因為事關重大，只要有記者證的人都可以被放行……啊……抱歉，我竟然忘記您……真是太可惜了。」

諾以德臉色鐵青，緊緊握住雙拳，雖然謝一恆刻意把重要的句子省略掉，但這種半遮不遮的狀態，更令人浮想連篇，羞辱性也更強了。

原本看戲的路人現在開始竊竊私語，說的都是諾以德的事情，各種猜測，誰還有心思管警察局出什麼事了？

「不要想顧左右而言他！我就請教一下謝警官，為什麼你身為三起案件的第一負責人，甚至還發現了搖籃曲殺手的存在，卻願意拱手把偵辦權交給重案組？他們明明瀆職了！你這是不是在袒護他們？讓無辜的人民陷於危險之中？」諾以德拉高聲音釋放出些許哨兵素，咄咄逼人。

謝一恆警官皺了下眉，往後退了兩步，哨兵素對普通人的壓迫力還是不小的，幾個圍觀群眾都是普通人，現在被哨兵素壓制，鵪鶉一般瑟瑟發抖不敢言語。

可身為刑警，謝一恆自然不同於一般人，他皮笑肉不笑地提醒道：「菲克斯先生，請容我提醒你，依照《哨兵嚮導管理條例》第七項第三條，在公眾場合任意散發哨兵素或嚮導素意圖影響普通群眾的身心或意志，依法我可以逮捕你。」

「你一個普通人，說什麼大話！」諾以德惡狠狠地哼了聲，但仍然收斂起了自己的哨兵素。

他是看不起謝一恆這種普通人，但也不想在這種節骨眼上被逮捕，浪費他追查真相的時間。

朝地上啐了口唾沫，諾以德罵了幾句難聽話後，不得不灰溜溜地離開。

他算是明白今天自己不可能在謝一恆這邊討到任何一點好處，原本他注意到安華分局有幾個文職人員連兩天在相同的時間外出，又在差不多相同的時間回來，雖然沒能找到他們去了哪裡，但這種排班似的行為聯想到人去樓空的費黃兩人的住處，諾以德相信自己找到了重大線索。

他才懶得管費黃兩人到底是不是真凶，抓犯人又不是記者的工作，他只是要證明警方不但瀆職，還隱瞞重大刑案，甚至窩藏嫌疑犯。

想想這會引起多大的關注？他要成為浴火鳳凰，靠的就是這一次的報導了！他是絕對不會放過這次機會的！

回到自己的車裡，那邊謝一恆也回分局裡了，稍微聚集起來的群眾也被勸離，三三兩兩離開的時候還在交頭接耳，有幾個人還朝他的方向看了幾眼。

嘖！普通人都是垃圾。

即使心裡有再多憤怒與怨氣，但繼續蹲守安華分局顯然不是好辦法，他已經讓謝一恆起了警戒，短時間內可能都找不到突破點了。倒是重案組的記者會……諾以德想起謝一恆對自己的嘲諷，他狠狠捶了幾下方向盤，發動車子朝中央警察署開過去。

他就不信自己混不進記者會去！

事實證明，他真的混不進去，直接就被擋在門外了。中央警察屬不比各地分局，裡頭工作的多數都是精英，就連門口的保全，也都是中階左右的哨兵，起碼比諾以德這個D級哨兵要厲害得多。

他一次一次闖關，一次一次失敗，對方也不對他做什麼，客客氣氣請他離開，每一次都這樣，饒是他臉皮再厚，那排山倒海的恥辱與羞辱感終於還是令諾以德承受不住。

他最後一次被請離的時候，記者會也結束了，他站在中央警察署大門對面，怨毒地看著魚貫走出的記者們，好幾個都是他記憶中的熟面孔，這些人以前都討好地跟在他身後追捧他。

其中一個人似乎發現了諾以德，眼看就要舉手跟他打招呼，諾以德哪裡願意在這麼狼狽的狀況下見故人？這些人都在看他笑話！他連忙躲進車子裡，開著車離開了。

在街上漫無目的地遊蕩了好一陣子，油箱眼看就要見底了，諾以德才終於把車停在一個加油站裡，加完油後走進附近的一間酒吧，打算喝點酒抒發心裡的鬱氣。

他一杯接著一杯，劣質的威士忌接連灌進肚子裡，很快就讓他醉得腦子發懵，眼前到處都是那些嘲笑他的人，他真的恨不得一把火燒死這些垃圾！

但他沒有真做出什麼事來，他又叫了一杯威士忌灌進嘴裡。

手機在這時候傳來訊息，他本來不想理會，但對方不肯放棄，一口氣傳了十幾通訊息過來。

「操你媽的！」他罵道，這才拿出自己的手機瞄了眼。

訊息是妻子傳來的，語氣一開始很溫和，後來慢慢嚴肅起來，最後顯得非常不高興。

妻子詢問他何時回來？是否還記得今天是兒子的生日？說好要替兒子慶生的！時間都這麼晚了，他為什麼還不回來？約定好的事情他為什麼總是爽約？為什麼要讓兒子失望？

他看得煩躁，心裡一把火起，在外頭他被人看不起，家裡的人還要煩他？都是些蠹蟲！攀附在他身上吸血！

腦子嗡了一聲，諾以德甩下杯子，搖搖晃晃地結了帳，他本想自己開車，但實在醉到鑰匙都插不進鑰匙孔中了，他氣憤地連踹車子幾腳，把車門都踹出凹陷，這才稍微舒緩了些決定招計程車回去。

到家花了半個多小時，身上所有的錢也剛好掏給了計程車，本來還差五塊，但司機看他醉醺醺的模樣，懶得要這五塊錢了，就怕醉漢鬧起來反而多惹麻煩。

諾以德家是個老式五層樓老式公寓，沒有電梯，樓梯還很陡峭，邊緣的防滑片都翹起來了。頂樓還有屬於全體住戶共用的露台，可以曬衣服什麼的。他家就住在第五樓，夏熱冬冷，雨太大的時候還會漏雨……這其實也不是他剛結婚時買的婚房，而是後面因為找不到好工作，無法繼續負擔房屋貸款，只得賣掉地理位置好、新建成的電梯公寓，改買了城市邊緣的老舊公寓。

他一步一顛地往樓上走，要不是哨兵的體質特別好，諾以德現在早就走不動了。

來到家門口，他掏摸著口袋裡的鑰匙，但摸了半天也沒找到，混沌的腦子裡回想片刻，猜測應該是把鑰匙留在車子裡了。

諾以德罵了幾聲，按起門鈴來，可連按了接近十分鐘也無人應門，想來應該是妻子在鬧脾氣了。

這種女人自己是隻吸血蟲，還有臉擺譜給他看？

酒精加上一整天的挫折，諾以德火上心頭，乾脆抬腳踹門。

下一秒，他整個人順著門摔進屋子裡，彈開的大門撞上欄杆後，又彈回來狠狠敲在他身上，他氣得忍不住開口叫罵，連續被門撞了兩三下，卻依然沒人上前來扶起他或問一聲。

撲騰了幾分鐘後，諾以德總算爬起來，他狠狠甩上門，兩眼因為憤怒充血，像一頭暴怒的公牛推開拉門衝進家裡。

客廳裡，站著一個人，是個男人，穿著一身西裝，身形非常挺拔。

諾以德愣了下，他的酒稍微清醒了些，尤其是在看清楚對方的臉之後，忍不住露出猙獰的笑容。

☼ ☼ ☼

上午六點半，一一〇接到一通報案電話，那頭是個男孩子的聲音，聽起來年紀很小，大概才剛上小學的年紀，但談吐清晰、邏輯順暢，情緒也非常鎮定，說出口的話卻讓接線員嚇了一跳。

『我的把拔馬麻死掉了。』男孩稚嫩的聲音沒有任何開場白，直指重點。『把拔掛在天花板上，馬麻躺在客廳的桌子上，可以請警察叔叔阿姨來我家幫我嗎？』

不管是真是假，接線員連忙問清楚地址，是南基區的老公寓，分局很快出警，到達現場後替員警開門的是個揹著書包的小男生，他沒什麼表情，默默站在門邊等警察叔叔進去。

老公寓的設計是大門進去後連接著陽台，陽台跟屋內有一扇拉門，員警剛進門往右邊一看，直接看到懸掛在天花板上的男人身體，還有一旁躺在茶几上的女主人身體。

消息很快傳到中央警察署，馮艾保及蘇小雅約莫在一個小時後到達現場。

小男孩已經被送去醫院，由社工接手，根據第一批抵達現場的員警說，小孩子的情緒很平靜，冷靜到不像個正常的孩子，甚至還幫自己做了早餐吃飽了才打電話報警。

不過，孩子的事可以晚點再去深究，眼前更重要的是這個看起來出於ＡＴ２３８０手筆的現場。

「是他做的嗎？」蘇小雅問。

「很難說。」馮艾保回答得很保守。他在屋內走了一圈，確定沒看到泡在福馬林的胎兒後，回到汪法醫身邊。「學長怎麼說？」

「手法類似，但有些地方差異不小。」汪法醫用筆指了下懸掛在天花板上的男人。「跟過去的案子一樣死於扼殺，但這次他的眼睛也被挖掉了，所以死者應該見到了凶手。過去ＡＴ２３８０的男性受害者除了個別幾個，應該都沒見到他的正臉。」

「這次不但見到了，雙方可能還有過交談？」馮艾保抬頭看著男死者因為上吊而撐開的雙眼，只剩下兩個窟窿，鮮血綜橫交錯的漫流在臉上，神情很是驚駭恐懼，沒有其他死者的安詳。

他沉吟了片刻，又問：「女性受害者的狀況如何？」

「雖然屍體擺放的姿態跟以前的案子相同，但因為她沒有懷孕，因此不是被剖腹死亡的，而是死於頸骨骨折，凶手還在她臉上蓋了毛巾。」汪法醫領著兩人蹲在茶几邊，用手動了下死者的頸骨，果然腦袋立刻軟綿綿地往一旁歪倒，眼皮微微張開，隱約能見到空洞的眼窩。

「你說用毛巾蓋住臉？」馮艾保確認。

「對。」汪法醫點頭。「應該被鑑識組收起來了，晚點建檔後就可以在資料庫裡看到了。」

「你去問一下他們，方不方便先把毛巾給我看一下。」馮艾保顯然不想等建檔，他側頭交代跟在身邊的蘇小雅。

「好。」蘇小雅知道自己在這邊也幫不上忙，起身去跟鑑識人員討東西。

「學長，就你的第一判斷，下手的是同一個人，還是模仿犯？」馮艾保凝重地盯著女死者半開的眼簾問。

「同一個人的可能性最高，但沒有詳細屍檢之前，我也不能確定。」汪法醫說著把女死者的眼皮往下輕按，讓對方可以閉上雙眼。

「如果是同一個人就麻煩了。」馮艾保起身，煩躁地跺了跺腳，從懷裡摸出菸盒，但沒有拿菸出來，只是用盒子一下一下敲著掌心。

「你不是有派人盯著菲克斯家嗎？」汪法醫也起身問。

「對。」馮艾保嘆口氣，再次抬頭看了眼死不瞑目，而且死前可能受到一些肉體傷害的男性受害者，儘管因為死亡以及失去了兩顆眼珠，模樣實在不好看，也略顯扭曲，但依然是張熟悉的臉。

諾以德・菲克斯。

「大叔。」蘇小雅拿著裝著毛巾的證物袋回來，把東西遞過去。

馮艾保接過來仔細翻看。

袋子裡是一條乾淨的毛巾，上面沒有沾染任何血汙，聯想到菲克斯太太平靜且明顯被打理乾淨的臉龐，可見這條毛巾不是用來清潔血汙的。

毛巾的材質顯然也不錯，應當是剛拆封的新毛巾，通體雪白的絨毛光用看的手感就非常好，上下兩邊底部有刺繡，是一簇簇的紫丁香花。

「你在想什麼？」蘇小雅感覺到馮艾保的情緒不對，他壓低聲音小心問道。

「有找到毛巾的包裝袋嗎？」馮艾保不答反問。

「沒有。」蘇小雅剛剛看到毛巾似乎是全新的，便多問了鑑識人員一句，剛好可以用來回答馮艾保的疑問。

「所以，這毛巾可能是凶手帶來的。」馮艾保沉吟，隔著證物袋摸了摸潔淨的毛巾。

「怎麼了？」蘇小雅又問，馮艾保很少有太過明顯的情緒波動，但現在卻波動得很強烈，既有歡欣也有愧疚，還混雜了憤怒與煩躁，五味雜陳大概就是這種意思吧？

「你覺得這個案子是模仿犯還是AT2380本人？」馮艾保又反問。

蘇小雅有點不高興，但還是乖乖回答：「我覺得是模仿案的可能性比較高，很多細節都不一樣，AT2380應該有想要勾勒的圖景，現在這個現場並不符合他心中的景象。」

「知道死者是誰嗎？」

「知道，諾以德・菲克斯，前兩天還跑去中央警察署想攔你，他發現費前輩跟黃前輩離開住處很生氣，然後被你兩句話就趕走了。」

這也是為何諾以德後來跑去安華分局堵謝警官的原因，當然馮艾保跟蘇小雅目前還不知道他的這段行蹤，遠在安華分局的謝警官大概也還不知道昨天找自己麻煩的人，今天已經成為一具屍體。

「是誰負責監視諾以德的？」

「我記得是啟恩前輩。」蘇小雅點開手機記事本，秀出上頭的班表給馮艾保看。「喏，啟恩前輩安排得好好的，一天二十四小時都有人跟著諾以德，他家這裡也有請派出所增加巡邏。」

「昨天下午他去了安華分局？」馮艾保一眼瞄到昨天的備註欄。

「啊，真的……他去安華分局幹什麼？不會發現費前輩跟黃前輩的安全屋了吧？」蘇小雅一驚。

「不至於。」馮艾保搖搖頭，這是他親自委請謝警官處理的，自然是相信對方的能力。「但是應該是發現了一些蛛絲馬跡，諾以德不管怎麼說，確實是個嗅覺靈敏的傢伙。」

「跟禿鷹一樣。」蘇小雅嘟噥。

聞言，馮艾保笑了聲，讓他把毛巾還給鑑識組。

兩人沒在現場多待，一個是屋子真的太小，塞了一堆人反而不利於工作。一個是馮艾保逛了一圈後沒發現什麼特別的東西，乾脆先離開，去醫院探望一下小目擊證人。

諾以德的兒子叫做諾爾，今年七歲，剛上小學一年紀，被送去了隔壁區的信德醫院，兩人到的時候小孩正在睡覺，接待他們的是負責的社工蘭小姐。

蘭小姐是個嚮導，精神體是一隻黃鸝鳥，停在孩子的床頭邊低聲啁啾，曲樂悠揚悅耳，令人很容易就放鬆了心情。

單人房裡有個小會客區，拉起床簾後就不太會驚擾到熟睡的孩子了。

「諾爾的體內有高劑量的鎮定藥物殘留。」蘭小姐是個幹練爽快的女性，不多廢話就把血液檢驗報告遞給他們。「醫生說，藥物的劑量很精準，不會傷到孩子身體，但可以讓他沉睡很久，醒來後反應也會比較遲鈍，不容易出現過度驚嚇的反應。」

「所以他才能吃完了早餐後報警是嗎？」蘇小雅恍然大悟。

「應該是這樣沒錯。」蘭小姐點頭，接著露出擔憂的表情。「但藥物總是會代謝掉的，接下來才是孩子真正的考驗。我從跟他接觸的反應來判斷，這個孩子的智商很高，體質也特別好，遺傳到了父親的哨兵或母親的嚮導體質，要等幾年後的特徵成熟後才能確定。所以，他是明白父母身上發生了什麼事情的。」

馮艾保跟蘇小雅都不知道能說什麼，沉默不語。

蘭小姐又說：「我稍微問過了，諾爾說昨天晚上是他的生日，本來爸爸約好會回來陪他慶生，但一直沒等到爸爸，後來是媽媽跟他一起慶生的。吃完蛋糕後他愛睏了，就進房間睡覺，早上起來就發現爸爸跟媽媽的屍體。」

馮艾保與蘇小雅對望了一眼，心想這起案子是ＡＴ２３８０可能性提高了，畢竟這個凶手的最大特色之一就是謹慎，諾爾應該一開始就不是他的傷害目標，所以他決不會讓自己出現在孩子面前，藥物應該是孩子睡著後，也許母親死亡後才被注射的。

菲克斯太太死得很快，頸部骨折頂多一眨眼，而對方的身分令她沒有任何防備，才會這麼簡單被得手。

既然孩子還在睡，他們暫時也問不到什麼，姑且與蘭小姐交換了聯絡方式後，離開了醫院。

回到車上，蘇小雅終於忍不住了。「馮艾保，你今天很奇怪，到底怎麼回事？」

馮艾保沉默了片刻，沒有發動車子，而是靠在椅背上，掏出了一根菸點上，深深吸了一口後，緩緩吐出淡白色的輕煙。

「還記得我說過的電車問題嗎？」

「記得。你不是說，要阻止衝過來的火車嗎？」蘇小雅不解反問。

「事實證明，火車不是我們擋得住的。你看，他又動手了。」馮艾保又吐出一口菸，失去淺笑的眉宇俊美又凌厲，蘇小雅莫名有點緊張。

「所以……他露出破綻了？」

回想起不久前兩人先是為等待凶手再次犯案，期待對方露出破綻，或者用各種不那麼正規的手段，阻止對方再度犯案，而起了一些爭執。

一開始蘇小雅堅持後者，寧可玉石俱焚也不想再次看到凶手囂張。可更有經驗的馮艾保，則傾向讓凶手激情犯罪後露出馬腳，畢竟接近四年的蟄伏，很可能讓凶手失去冷靜跟自控。

誰能猜到這才過了幾天，尤其是經歷了費保羅與黃齊璋的事件後，兩人面對這樁案子的態度有了一百八十度的反轉，結果來說，馮艾保成了激進的那一方，他確實動用了不合法的手段，縮短與黃齊璋的攻防時間。

明面上，他說是對前輩的尊重，實際上這人尊重是有的，但絕對不會這麼單純。他根本是糖果與鞭子並行，甚至都唬過了黃齊璋這個經驗豐富的嚮導刑警，心甘情願依照馮艾保的希望自首，加快了辦案的進程，不需要花費大量時間在這件事情上跟對方糾纏不休。

卻不想，凶手最終還是快了一步，再次犯案，反倒順了一開始馮艾保的打算，等對方自己露出破綻。

蘇小雅覺得，馮艾保複雜的情緒應該是因為這個吧？

面對蘇小雅的問題，馮艾保沒有立刻回答。他用手指敲了敲方向盤，看著位於停車場對面的醫院，陷入某種沉思。

蘇小雅心裡略有急躁，馮艾保好不容易流瀉出一些的情緒波動現在又完全消失了，真是莫名其妙，一個哨兵為什麼有辦法完全封鎖住自己的情緒，讓嚮導無跡可尋呢？是因為他們還不是結合伴侶嗎？

當然，他並沒有想跟馮艾保結合的意思，之前的結合熱那麼嚴重，馮艾保都能控制住沒跟自己結合，想來應該也是對自己沒那種意思吧？單純就是上個床罷了。這麼一想，蘇小雅心裡更加不爽。

「馮艾保。」一不高興，蘇小雅就連名帶姓叫他，還伸手在哨兵手臂上拍了一下。

「不急，讓我想想怎麼說。」小嚮導打人不痛不癢，馮艾保撈住他的手捏在掌心裡，眉心微微蹙著。

手上的溫度很高，不知道是所有的哨兵都這樣，還是馮艾保的體質關係，他的體溫總是很高，彷彿會燙人一樣。蘇小雅耳垂微紅，心情平靜了不少，沒了先前的焦躁。

幾分鐘後，馮艾保開口：「還記得我請你跟鑑識組要來的毛巾嗎？」

「記得，汪法醫說是蓋在死者臉上的。」

「這是一種罪惡感的呈現，或者說對死者有歉意。」馮艾保道：「這算是刑偵上一個基礎觀念，如果凶殺案的受害人身上、臉上被仔細的覆蓋上任何布料，八成以上是出自這兩個理由。」

「所以，你覺得凶手對菲克斯太太有歉意？他原本不打算殺了對方？」

馮艾保卻搖頭否定：「不，他一開始就決定殺了菲克斯太太，所以才自己準備了毛巾過來。紫丁香圖案應該是特別挑選過的，知道紫丁香的花語嗎？」

蘇小雅有一隻手正被馮艾保握著，哨兵把手指插入他指縫間，親密的交握在一起。小嚮導看了眼自己的手，耳垂透紅但表情鎮定地用空著的那隻手拿起手機查詢資料。

「純潔的愛情？」沒一會兒他挑眉，語尾微妙地揚高。

總不會這是個情殺事件吧？

馮艾保聞言噗嗤笑出來，連連搖頭跟小嚮導要來他的手機，操作了一番後遞回去，螢幕上是另一個網站，哨兵很貼心地把想讓蘇小雅看的訊息拉出來。

網站是這麼寫的：『紫丁香花語代表著光輝。紫丁香被寓為開在天國的花，它代表高尚、神聖和光榮，這是美好的象徵。因此，人們認為，將紫丁香贈與希望祝福的人，對方就會受到天使的祝福，擁有光輝的歲月。』

「我覺得有點硬凹。」蘇小雅毫不客氣地批評。人都死了還擁有什麼光輝的歲月？與其說罪惡感，他反而認為這是挑釁吧？

「大概是因為凶手買東西的地方只有紫丁香這個選擇吧。」馮艾保也不否定蘇小雅的意見，接著解釋：「但即使有些硬凹，也必須承認這是凶手精挑細選的結果，他知道菲克斯太太是無辜的，他希望祝福這個注定死在自己手中的女人能受天國榮寵。」

相較於死得乾脆俐落沒受折磨，死後才被挖眼且整理得乾淨安詳，還被送了紫丁香的菲克斯太太來說，諾以德就很淒慘了。

他應該跟凶手有過搏鬥，不過驗屍報告還沒出來，不確定搏鬥的激烈程度如何，身體有沒有其他的損傷，但可以肯定的是他的雙眼是被活生生剜出來，並且是神智清醒地被吊死的。

過去所有男性死者都是先被掐暈後才吊死，只有諾以德的死法跟其他人不同，可以說凶手僅對他展現了惡意，與心中的圖景無關，單純針對這個人展開凶狠地虐殺。

「先前我不敢肯定ＡＴ２３８０是不是警方的人，但這次我可以肯定了。」馮艾保點起了另一根菸，深深吸了一口。

「怎麼說？因為他對諾以德的惡意嗎？你認為，諾以德是因為那篇報導，招致殺身之禍，甚至還賠上自己的妻子？」

「這當然是其中一點。」馮艾保見蘇小雅滿臉不以為然，忍不住笑問：「你是不是覺得，固然這種報復方法太過殘酷，但卻有一定的道德感在裡面，很不符合你心中凶殘連環殺手該有的樣子？」

輕易被看透了，蘇小雅也不氣惱，他點點頭承認。「如果照你所說的，ＡＴ２３８０是為費前輩黃前輩抱不平，所以才對諾以德一家出手，甚至他還對菲克斯太太有愧疚，我沒辦法想像……」

「確實是有點難轉過彎來。」馮艾保對窗外吐出一口菸，理解的點頭。「剛入行的時候難免會有這種感覺。就像你，到現在也不太願意承認秦夏笙殺死卜東延，是有周密的計畫的，你更希望王平安負擔更大的責任對吧？」

沒料到對方會舉這個例子，蘇小雅臉色一僵，用力抽回被握緊的手，低下頭不想理人。

這種真實內心想法被撕開的羞恥感太強烈也太直觀了，蘇小雅還無法坦然以對。

馮艾保瞄了一眼自己空掉的手心，低聲笑道：「你總是要面對的……就好像，我也必須接受自己冷酷的那一面。世界不是非黑即白，即使是我們這樣的執法人員，有時候也必須假裝自己為了正義犧牲別人生命的行為是有意義，甚至是正確的。」

所以馮艾保在菲克斯家的凶案現場時，才會流瀉出那樣複雜的情緒波動嗎？蘇小雅的心思被吸引過去，他記得那時候自己感受到的有欣喜、愧疚以及憤怒。

欣喜應該是針對凶手終於露出了破綻，雖然不那麼明顯，卻代表他們的偵查出現了新的突破口跟方向，比如科學院的研究員們可以排除了，文職人員基本上也可以排除了，最可能的人選在警方，而且也許是一個道德感扭曲，卻可能非常有正義感的人。

這也就說明了，為什麼菲克斯太太會毫無戒心地幫一個陌生人開門，甚至把人請進家裡，乾脆俐落地被扭斷脖子。

愧疚應該是針對自己沒能在猜測到凶手可能對諾以德一家出手的狀況下，保護住這家人的安全，反倒還讓凶手在他們眼皮子底下順利地殺了人。但這同時也縮小了可疑人物的範圍，代表這個人離他們很近，知道馮艾保有派人盯著諾以德，才能找到空隙在不驚動盯梢人員的狀況下殺了菲克斯夫妻。

憤怒……蘇小雅看了眼對著窗外抽菸的馮艾保，他注意到哨兵短時間內連抽了好幾根菸，通常馮艾保不會這樣。他也許有點離經叛道，不太符合社會上對哨兵的基本印象，看起來更像個普通人，可五感實實在在是屬於高階哨兵，不會讓自己受到過度刺激。

就像抽菸，他菸癮略有些重，可一天也控制在五根內，最多不超過七根，其他時候都用棒棒糖代替。然而今天，光離開醫院後他就抽了三根了。

情緒裡的憤怒，馮艾保是不是針對自己？因為覺得自己很冷酷，在看到犯罪現場時，率先想到的不是對凶手的憤怒，而是找到破綻的欣喜……

蘇小雅是個頭腦靈活的人，只要給他一點提示，多數的細節他都可以靠自己想清楚。

「大叔……」他想安慰安慰馮艾保，剛開口卻發現自己好像也沒辦法說什麼有用的話，難道要馮艾保別放在心上，能破案就是對死者最好的祭奠嗎？這種話還需要他說嗎？

「我有個想法，得回去請大家一起幫忙調查。」馮艾保確實不需要蘇小雅的安慰，他自己就能夠振作起來，案子還在偵辦中，實在也沒有時間讓他傷春悲秋，沒意義也與他的秉性不符。

「你想到什麼？」蘇小雅能做的大概就是積極跟上馮艾保的行動，努力做好自己支援的工作，盡快學習成為能獨當一面的嚮導。

不然，現在馮艾保根本不可能讓他獨自進行調查，分頭行動這種事情想都別想。

暗暗在心裡給自己加油打氣，訂立目標，蘇小雅天生就有股不服輸的韌性，沒有任何舉動比主動學習成長更有效益了。

「既然AT2380的範圍已經縮小在警察及附屬機關內部人士，我認為他的犯案地點應該可以找到突破口。目前可知，所有案件都發生在首都圈跟鄰近兩個衛星縣市，但雖說發生在衛星縣市，也都是與首都圈接壤的地區，二十一案中只有五案發生在首都圈之外的地方。我懷疑，有某個人的職涯軌跡跟案發地點有重疊。」

某個人？蘇小雅皺眉思索了片刻，突然開口說出一個人名：「謝一恆。」

馮艾保挑眉，訝異地看著他問：「你為什麼會說出他的名字？」

「因為……嗯……他起碼直接跟三起案子有關連。也是他發現AT2380的存在，還有這次……怎麼說呢，諾以德昨天才去找過他，然後就遇害了，我雖然覺得謝警官是個幹練的前輩，也可能是我想太多，但就覺得他有點可疑……」

蘇小雅語氣遲疑，顯然對自己的猜測完全沒信心，一邊說一邊在心裡推翻自己的猜測。

也許真的是巧合？再說了，若不是謝警官發現這是一起連環殺人案，可能到現在都不見得有人意識到AT2380的存在，若他是凶手，這不是給自己找麻煩嗎？還是說，正因為他是凶手，所以才故意挑釁警方？

但話說回來，他會為費前輩黃前輩受到的不公平指責憤怒，顯然對警方有認同感，也對自己的工作充滿榮譽感，那真的會倚仗自己的身分作為掩護，犯下這麼多起案子嗎？甚至還殺了諾以德及其妻子。

馮艾保還沒對他的猜測表示意見，蘇小雅自己就漲紅了臉咬著指甲倉皇反問自己：「我是不是想太多了？竟然這麼隨便就懷疑人，謝警官明明是那麼好的一個刑警，雖然是個普通人，卻靠自己的能力爬到今天的位置，他幹嘛做這種傷害自己前途的事情？」

馮艾保伸手小心地拉下他啃著的那隻手，這次沒有放出老鼠，而是握住他的手，輕輕晃了晃。「沒有什麼叫做多想，也沒有誰是不能懷疑的。有了懷疑，就去驗證，沒必要覺得抱歉。你要記得，我們要做的是找到凶手，告慰受害者的靈魂，在這個主要目標面前，人情世故都是次要的。」

蘇小雅感受著掌心傳來的溫暖，馮艾保的手指修長有力，緊緊地握著他的手，像一個船錨般穩定住他的情緒，剛才突如其來的慌張害怕，現在都猶如遇上陽光的雪花，全部消失殆盡了。

「那我們，先從謝一恆警官開始調查？」蘇小雅有了勇氣，屬於年輕人的衝勁也冒出頭來。

「可以，我們也算心有靈犀。」馮艾保笑著對他皺了下鼻子，鬆開握著他的手，發動車子。

一路上兩人沒再多交流什麼，但蘇小雅卻控制不住地盯著自己先前被緊握過的手，很不合時宜地感覺到自己的下腹好像有點……騷動起來。

（待續）

後記

又到了後記的時間，開始後悔為什麼我要把故事寫得這麼長了（哭）。

第三案因為篇幅長，所以切成了上下兩集，導致我現在有點遲疑該怎麼在不暴雷的狀況下寫好後記，這可真是一個艱難的挑戰啊！

先來說點輕鬆的事情好了，沒意外的話第三集會有一本番外小冊當特典，當初編輯請我寫的時候，我是想拒絕的（咦？）。畢竟這兩人在本篇裡還沒開始正式談戀愛呢！雖然想寫一場酣暢淋漓的啪啪，不過小雅這孩子很遲鈍，他到現在都還搞不清楚自己的心意。至於馮艾保這個成年人就比較糟糕了，他知道自己的心意，可是有很多顧忌導致他刻意引導小雅討厭自己。

不過吧，哨兵跟嚮導的匹配度就是絕對的，這兩人再怎麼否認都無濟於事，終究是要在一起甜甜蜜蜜過日子的。

所以我就想，那乾脆來寫個兩人甜甜談戀愛的日常好了。雖然不是真實世界裡的本傳，但貓耳跟貓尾巴的趣味我不能放掉啊！應該算是篇甜甜的小清新番外吧？大概。

畢竟篇幅不夠我寫肉哈哈，小雅跟馮艾保逃過一劫。嘖！是說擦槍走火還是有的。希望大家看了心情好！畢竟第三案太致鬱了。

我好像在第一集解釋過第三案標題Ｌｉｍｂｕｓ的意思，這邊湊字數再來解釋一次好了，我可真是個小機靈鬼啊～

Ｌｉｍｂｕｓ翻譯成中文是靈薄獄，解釋為「地獄的邊緣」，用來安置天主教以外的外教人士，像是還沒受洗的小嬰兒或者沒有被分配進地獄又沒能上天堂的好人。總之就是個類似中轉站，不知道該怎麼辦就先塞進去的地方。

我主要是取「地獄邊緣」這層意思，雖然凶手還沒有死亡，因此沒有進入地獄。可是他的人生讓他彷彿一隻腳踩進了地獄，另一隻腳還在拚命努力留在人間，只要那個讓他拚命的存在消失了，他就會很快墜落。第三案就是這樣一個過程。

因為所有的答案都在第四集裡，所以希望大家能把期待值保留到那時候，相信可以給大家一個精彩的結果。

我這套故事本身希望寫的就是人生那種邊緣狀態，從第一案、第二案，兩個凶手都是在選擇的時候墮入深淵的。人總是要為自己的選擇付出代價對吧？

希望大家在看這套書的時候可以感受到我想寫的那種臨淵的恐懼，凝視著深淵又被深淵凝視的感覺。我們都希望自己的人生可以做出正確的選擇，一路走在沒有歧途的道路上，可是正確本身就是一個偽命題。有句話說：「一千個人就有一千種哈姆雷特。」同樣的，我認為正確也是這麼回事，每個人認為的正確都有些許落差，不同的環境跟人生經驗就會影響你對「正確」的認知，因此你的選擇就會多姿多彩，造就了一千種不同的人生。

大家如果喜歡這套書也歡迎上KadoaKdo平台看我的第二部連載喔～

黑蛋白

國家圖書館出版品預行編目 (CIP) 資料

貓與老鼠從來都是相愛相殺的關係. 3 / 黑蛋白
作. -- 初版. -- 臺北市 : 臺灣角川股份有限公司,
2023.09
　面；　公分
ISBN 978-626-352-935-9(第 3 冊 : 平裝)

863.57　　112011312

貓與老鼠從來都是相愛相殺的關係 3

2023年9月21日　初版第1刷發行

作　　者　黑蛋白
插　　畫　嵐星人

發 行 人　岩崎剛人
總　　監　呂慧君
編　　輯　陳育婷
美術設計　吳乃慧
印　　務　李明修（主任）、張加恩（主任）、張凱棋

台灣角川

發 行 所　台灣角川股份有限公司
地　　址　台北市中山區松江路223號3樓
電　　話　(02) 2515-3000
傳　　真　(02) 2515-0033
網　　址　www.kadokawa.com.tw
劃撥帳戶　台灣角川股份有限公司
劃撥帳號　19487412
法律顧問　有澤法律事務所
製　　版　尚騰印刷事業有限公司
I S B N　978-626-352-935-9

※版權所有，未經許可，不許轉載。
※本書如有破損、裝訂錯誤，請持購買憑證回原購買處或連同憑證寄回出版社更換。

© 黑蛋白

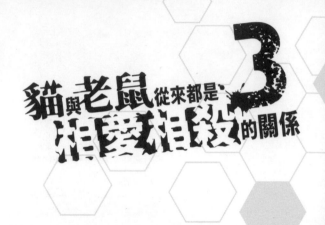